JN065010

とある小さな村のチートな鍛冶屋さん

アンバー
土を司る神獣の眷属。
茶色い兎で、
おしゃれが好き。
オニキス
闇を司る神獣の眷属。
黒い鶏で、
少しおっちょこちょい。
メリア
神様の力で異世界転生し、
十三歳の身体と
チートな鍛冶スキルを得た元日本人。
前世では辛い思いをしたので、
今世はのんびりしたいと思っている。
フローライト
水を司る神獣の眷属。
まだ生まれたての白蛇。
登場人物紹介

マルク
フォルジャモン村の村長。
突然村に現れたメリアを
気にかけている。
ジャン
ギルドの受付をしている、猫の獣人。
面倒くさがりで、
仕事中にお昼寝をすることも……
ミィナ
宿屋『猫の目亭』の娘。
明るく働き者で、
両親のことが大好き。
リクロス
人々から恐れられる、魔族の青年。
独自の美学に強いこだわりがある。
メリアのことを気に入っている。

プロローグ

とある村から一時間ほど歩いた場所。

人里から少し離れた林の先に、その家はある。見た目はボロボロだ。

そこから、金属を打つ音が辺(あた)りに響き渡る。

――カンッ、カンッ。

――カンッ、カンッ。

その家の中には大きな炉(ろ)があり、真っ赤な炎(ほのお)がメラメラと燃え盛っていた。

炎(ほのお)は、重たそうなハンマーを振るう少女と、その周辺を照らしている。

彼女は、この家で鍛冶屋(かじや)を営んでいるのであった。

少女は真剣な眼差(まなざ)しで、リズミカルにハンマーを振るう。音はそこから生まれていた。

――カンッ！

音が、先ほどよりも少し高くなる。

少女は、金属を打つのをやめた。

形が整っているのを確認すると、少女は朱色（しゅいろ）に染（そ）まっている鍛（きた）え上（あ）げたそれを、水の入ったバケツの中へ沈めた。

ジューーーッと音がして一瞬煌（きら）めくと、完成された包丁が出来上がる。

「ふぅ。でーきた」

少女はにっこりと微笑み、嬉しそうに包丁を見つめる。

彼女は次に作るものを考えながら、包丁を消した。

先ほどまであった包丁は、どこにも見当たらなくなる。

少女は、『アイテムボックス』と呼ばれる亜空間を開き、自身だけの収納スペースにそれを仕舞ったのだ。

この世界には魔法があり、スキルと呼ばれる特殊（とくしゅ）な能力がある。

外には魔物や妖精といった不思議な生き物がいる。

そこにしかいない生き物や鉱石が湧（わ）いてくる、ダンジョンという奇妙な空間も存在する。

通常とは違う理（ことわり）のある世界。

ここは少女がいた元の世界——日本ではない。

「そういや、銀と水晶（すいしょう）が減ってたから、採（と）りに行かないとなぁ」

思い出したように少女が呟（つぶや）く。

そしてゆっくりと立ち上がり、蝋燭（ろうそく）に火をつけた。

彼女が炉を見ると、炎は最初から何もなかったかのように消えている。

彼女はそれを確認すると、とある部屋に向かった。

鍛冶場の奥に隠されている、古めいた鉄の扉。それには、錆がところどころ残っている。

少女が把手を手前に引くと、ギーーと鈍い音を奏でながら扉が開く。

扉の向こうにあるのは、部屋ではなかった。

そこにあったのは、薄暗い洞窟。

奥に行くほど暗闇が広がり、どこまでも続いていく。

そんな不気味な場所にもかかわらず、彼女は怯えもせず進んでいった。

当然だ。そこは彼女が望んだ、誰も知らない、彼女だけのダンジョン。

ダンジョンといえば、普通は魔物と戦う場所であるが、ここに生き物はいない。

鉱石を掘るためだけの、彼女にとって、とても都合のいいダンジョン。

どんな鉱石も、このダンジョンに入れば手に入る。

鍛冶師にとって、夢のような場所だ。

「えーと、銀が地下三階で、水晶は地下五階だったかな？　とりあえず、掘りに行かねば！」

ピックハンマーを手に持つと、少女はダンジョンへと入っていく。

その後、どれぐらいの時間が経っただろう？

しばらくすると、彼女は満足そうにダンジョンから戻ってきた。

その両腕には、たくさんの鉱石が抱きかかえられている。

彼女はさらに、別の部屋に向かった。

扉を開くと、そこにはたくさんの鉱石が所狭しと並んでいる。どうやら倉庫のようだ。

少女は鉱石を見ながら、種類別に置いていく。

のんびりと作業を続けている彼女の耳に、鐘の音が二度聞こえてきた。

「もうそんな時間？　お店、開かなきゃ！」

今鳴ったのは、昼の半の鐘。

この世界には時計は存在せず、皆、鐘の音で時間を把握し、生活している。

彼女がいた元の世界の時間に合わせると、このような感じである。

午前六時に、一度鐘が鳴る。それが、朝の鐘。

午前九時に、二度鐘が鳴る。それが、朝の半の鐘。

正午に、一度鐘が鳴る。それが、昼の鐘。

午後三時に、二度鐘が鳴る。それが、昼の半の鐘。

午後六時に、一度鐘が鳴る。それが、夕の鐘。

夕の鐘以降、鐘は鳴らない。

太陽が沈み、夜になると魔物が活発に動き出すからだ。

魔物は、人に害をなす。

そのため、人々は魔物に遭遇しないように暮らしているのだ。

この家は、彼女の店でもある。

開店時間は、昼の鐘(かね)から夕の鐘(かね)まで。定休日は存在せず、気まぐれで休む。

とはいえ、今日は開店する予定なのに、少し遅れてしまっていた。

「急がなきゃ!」

少女は素早い動きで残りの鉱石をアイテムボックスに入れると、お店のスペースに商品である剣や盾(たて)、槍(やり)などを並べる。

そして即席のレイアウトに満足げに頷くと、彼女は扉を開き、ドアにかかった板をひっくり返した。


【OPEN】

挿話　とある神様の昔語り

おや、いらっしゃい。珍しいお客さんだね。

僕が誰かって?

そうだな……あらゆる世界を管理する者……神様、とでも言っておこうか。

——それで、何か用？　え、何を見ていたのかって？

今見ていたのは、ある一人の少女の生活だよ。

彼女——メリアは、この世界の人からすれば異世界人。

俗にいう異世界転生したんだ。

なぜ、そんなことになったのか？　神様である僕がミスを犯したからさ。

彼女の本来の寿命は九十八歳。

なのに、死んだのは三十歳。

死んだ理由は、よくある名前の書き間違いだった。

僕は毎日、その日死ぬ人を名簿に書くのだけれど、本来亡くなる予定だった人と彼女の元の名前が似ていたので、間違えてしまった。

僕はそのあと、アフターケアをするために彼女を呼び出したんだ。

そして謝罪したんだけどね、その時の彼女の返事は……

「はぁ」

の一言だった。

無気力に、ただその事実を受け入れる彼女。

僕が本当の寿命まで元の世界に戻すと告げると、彼女は言った。

「あのーもし、現世に戻れって言うなら、お断りします」

「え、なんで？　生き返れるんだよ!?」

「うん、いらない」

普通の人ならば、喜ぶはずの展開だ。

なぜ嫌がるのか問うと、現世は地獄だと彼女は話す。

よく出来る人を使い潰し、出来ない人を擁護する。そんな会社で働き、彼女の身体はボロボロ。

しかも、仕事量が多い自分よりも、仕事量が少ない人のほうが給料もいい。

そんな状況下で、彼女の負担はどんどん増えていったそうだ。

その上、出る杭は打たれるとばかりに会社でのイジメもあり、心底疲れ果てていた。

「死んでようやく、そんな場所から解放されたのに、戻るなんて嫌」

初めて彼女はニッコリと綺麗に微笑んで、そう言った。

「辞めればよかったのでは……」

僕がそう言うと、彼女は少し目を伏せる。

「そんな選択肢もあるね。でもね、そんな考えも浮かばないほど、しんどかったんだ」

うーん……困った。

これまでミスで亡くなった人のほとんどは、生き返ると聞くと大喜びで受け入れてくれた。

死んだはずが息を吹き返す人がいるのは、そういう事情だ。

なので、拒否されるとどうしていいかわからない。頭を抱える。

そんな僕の様子を見て、彼女は言った。

「もしよかったら、異世界に連れていってもらえませんか？」と。

そこでのんびり暮らしたいの、と。

彼女の希望はこうだ。

食べるものや着るものに困らずに生活ができる場所。

もちろん、部屋に泥棒が入らないような、防犯対策はしてほしい。

あと、とあるゲームで武器を作るのが楽しかったので、鍛冶師をやってみたい。

だから、できればそのゲームに沿ったシステムがほしい。

そのゲームみたいに、鍛冶師をする上で必要なものが手に入るようにしてほしい。

それから、十代の身体になりたいかな。今の身体だと、異世界に行っても引きこもりそうだから。

青春をやりなおしてみたーい。

……先ほどと違い、目をきらきらと輝かせる彼女。

それを見ると無理だなんて言えないし、もともと僕がいけないからね。

僕は彼女の願いを聞き入れた。

そして、彼女が望む、ゲームのような世界が僕の監視下にあったので、そこに送り出すことにしたんだ。

けれど、そこは全くゲームと同じ世界ではない。だから僕は彼女の願いを叶えるため、彼女のやりたいことができる家を作った。

あの家は見た目こそボロボロだけど、それは外観だけ。

中は彼女のいた世界に合わせて作ったから、高機能だ。

この世界は、彼女の元いた世界に比べて、技術が発達していない。

だから、彼女が暮らすのに不便のないよう、環境を整えた。

それから、鉱物が採れるダンジョンを家の中に用意した。

彼女のゲームの知識と照らし合わせて、鍛冶のシステムもスキルという形で作り出した。

この世界にもスキルというものは存在するけれど、鍛冶スキルはなかった。だから、彼女に特別に付与したんだ。

なんで、そんな手間なことをしたのかって？　彼女へのお詫びの印さ。

他にも彼女にいろいろと便利な能力を授けて、せっかくなので僕好みの少女になってもらったよ。

なんで僕好みにしたのかって？

そりゃ、送った側として責任を持って彼女の一生を見届ける義務があるし、どうせ見るなら好みの子がいいでしょ？

僕はよかれと思って、彼女に様々なものを与えたのだけれど――

それらは、実はこの世界にとってオーバーすぎるハイスペックな代物だった。

そのせいで、彼女が望むのんびりライフが崩れるなんて、思ってもみなかったんだよ……さすがの僕でもね。

今はもう落ち着いて生活できるようにはなったんだけど……

……おっと、少し話しすぎてしまったようだ。

ふふ、彼女に何が起こったのか、気になるのかい？

そうだな、せっかく来たんだ。少し思い出話に付き合ってくれないか？

あれは、彼女を送り出した最初の日のこと――

第一章　異世界に来た最初の日

――チュンチュン。

小鳥がさえずり、窓から朝日が差し込む。瞼をわずかに開くと、意識が覚醒してきた。

起きなくちゃ……でも起きたくない。

そんな思いから、布団に潜りこみ朝の光を遮った。

しかし、時間は淡々と過ぎていく。

もう、仕事に行かないとダメだ。

休もうとも考えたが、今日休めば次の日にノルマが増えて、負担が大きくなるだけ……

大体、休んだら何を言われるかわからない。休みたい。でも、休めない。

仕方なく、重たい瞼を開け、布団をめくる。

……あれ？　ここ、私の部屋じゃない。

起きたはずなのに、まだ夢の中にいるのかな？

私はベッドからのそのそと這い出て、立ち上がった。

おかしい。目線が低い。

ふと手を見ると、プクッと柔らかく、まだ幼さが残っていた。しかも、小さい。

思わず頬をつねる。……痛い。一気に目が覚めた。

これは、夢じゃない。

まさか……誘拐された？

でも、なぜ背が小さくなっているの？

状況を把握しようと、とりあえず部屋のドアノブを回す。ガチャリと音がしてすぐに開いた。

よかった。閉じ込められてない。辺りを見回しながら、廊下を抜ける。

階段を下りると、すぐに可愛らしいカントリー風の扉があった。

耳をその扉にくっつけて、誰かいないかと中の状況を窺う。

なんの音もしないのを確認して、恐る恐る扉を少し開き、中を見ると……

そこには、とても素敵な空間が広がっていた。

「わぁ……！」

思わず感嘆の声が出る。

憧(あこが)れだった、カウンターキッチン。

カントリー風の木製のインテリアで整えられた部屋は、あたたかみがある。

暖炉(だんろ)もついており、その近くにはロッキングチェアが置いてあった。なんとも魅力的だ。

けれど、こんなところに住んだ記憶は少しもない。

どういうことなんだろう？

戸惑(とまど)いながらその部屋に入ると、机の上に一枚の紙が置いてあった。

それには、このように書いてある。

『おはよう。よく眠れたかな？

この家は、君の理想の家を再現してみた。気に入ってもらえたら嬉しいな。僕からの贈り物だよ。

歳の希望は十代だったよね。あまり若すぎると不自由だろうから、十三歳くらいにしておいた。

この世界では十五歳から成人だから少し若いけど、この歳には独り立ちしてる子は多いから、一人でいても怪(あや)しまれることはないと思う。

少し歩いたところに小さな村があるから、そこで衣類や食料は調達できるよ。

けれど、やっぱり慣れるまではしばらく時間がかかるだろう。

生活が落ち着くまで、一ヶ月くらいは家の中だけで暮らせるように、食料を置いておいた。

君の記憶を探った時に、米と醤油と味噌は必需品ってことだったから、この世界にもあるか探してみたけど……残念ながら見つからなかった。

だから、特別に僕が取り寄せておいたよ。他にも、いくつか調味料を用意した。どれほど使ってもなくならないようにしたから、それを使ってね。

そうそう、それらはこの家から出すと消滅して、二度と口にできなくなるから、注意して。

それと、君の鍛冶のスキルはこの家の中でしか使えないようになっている。他所でやろうとしないでね。

君に与えたスキルは、通常の鍛冶とはシステム自体が違うから、外で見られないようにしているんだ。

研いだり、修復したりするスキルは、この世界の他の鍛冶師も持っているよ。だから、君も外で使うことができる。ただ、家でするほうが効果が高くなるから、覚えておいて。

それと、あの世界で君が頑張って働いた分をもらって、こちらの世界のお金に変えておいたから。お金にも困ることはないと思う。

それじゃあ、新しい暮らしを楽しんで。

神様より』

……あー、思い出した。あの時、私、死んだんだ。

残業中、突然の頭痛と眩暈に襲われて倒れたら、白い場所にいた。

そこで神様に「間違いでした、生き返らせます」って言われて、またあの地獄の日々に戻るのが嫌だったから拒否して、異世界に移住したいとお願いしたんだった。

……といっても、どうやって暮らしていこうか。

家の中のことも、よくわかんないし……と思っていると、家の構造が頭に浮かんだ。

この世界の知識も、どんどん頭の中に流れ込んでくる。

鍛冶のスキルについては、取扱説明書のようなものが浮かんできた。頭の中に本があるみたいで面白い。

これは、神様の仕業かな？　とりあえず、困ることはなさそう。

早速、改めて家の構造をじっくり見てみる。すると、ダンジョンと書かれた部屋があることに気がついた。

ダンジョン!!

居ても立ってもいられずダダダッと駆け出し、ダンジョンの部屋の重たい扉を開ける。

ドアの向こうは、洞窟になっていた。

「うわぁ……！」

思わず感動で声が漏れる。

ゲームをしながら、画面で見ていたダンジョンそのものだった。

あのゲームの、ダンジョン攻略法が浮かんでくる。

鉱石があるところが光るので、そこをピックハンマーで割るのだ。すると、鉱石や宝石なんかが採れる。

ダンジョンの奥には階段があって、低い階層に下りていくほどいい鉱石や宝石が見つかる。

ふふ、ゲームだとどんどん低い階層に下りてたなぁ。

鉱石がある場所は一日が過ぎるとリセットされる設定だったし、ゲーム内だと同じ場所を掘るのは回数制限もあった。

でも、このダンジョンにはそんなルールはないし、思う存分、鉱石発掘ができるんだ。

いっぱい集められるってことだね、楽しみー！

……と心が弾んだところで、お腹がグーッと鳴る。

どうやら、私の心が活発になったので、お腹の虫さんも目覚めてしまったようだ。

手紙が置いてあった場所——家の構造を確認すると、リビングだった——に戻ると、キッチンの脇にある冷蔵庫を開ける。

中には、様々な種類の野菜と果物。それに、牛乳や卵まで入っていた。

こんなにたくさん、腐らないのかな？　と思ったら、冷蔵庫の取扱説明書が頭に浮かんだ。

どうやら、中に入れたものは時間が止まり、腐敗することがないらしい。

本当に至れり尽くせりだなぁ。ありがとう、神様。

よーし。ご飯、作ろうかな！

朝なので、厚切りベーコンと目玉焼き。

シャキシャキレタスにトマト、キュウリも切って、お手軽サラダ。

それから、冷凍庫に入っていた食パンにチーズをのせて、オーブンで焼いた。

トロトロのチーズトーストの完成。

あ、そうだ。

牛乳に茶葉を入れて、コトコトあたためる。

沸騰する前にコップに移し、蜂蜜を少したらしたら、ふんわり甘いロイヤルミルクティーも出来上がり。

ふふふーんと鼻歌を歌いながら、てきぱき動く。

今までは時間にゆとりがなく、こんなに元気もなかったけれど……

若い身体だからかな？　すっごく元気が溢れてるし、理想の朝ごはんが作れた。

お皿を机に持っていって、いただきます。

美味しい。美味しいなぁ。

ホカホカの朝ごはんって、こんなに美味しかったんだ。

結構なボリュームだったけれど、ぺろりと食べ終えた。

んー！　いっぱい食べて元気出た！

さて、さっそく鍛冶をしてみようかな、と。

鉱石がないからまだ何もできないけど、頭に浮かぶ説明によると、道具の使い方や作り方は、あのゲームそのままみたい。

よし、鉱石を取りに行こっ！　て……

あ！　鉱石を掘るためのピックハンマー!!

あれがないと困るよ！

と思ったその時、ピコンッて音がして、ピックハンマーが出てきた。

え、なんで？　どこから出てきたの？

すると、『アイテムボックス』という言葉が頭の中に浮かび、その説明が流れる。

アイテムボックスは亜空間を開き、ものを収納できるスキルで、いつでもどこでも出し入れ可能。

そこには三十種類、九十九個まで入れられるらしい。

それより多い場合は、家の倉庫に入れる。倉庫内には無限に収納できるそうだ。

出てきたピックハンマーをよく見てみると、ゲーム初期のボロボロハンマーだ。

これを強化していくことで、掘る速度や掘れる鉱石の質が変わるんだよね。

ボロボロハンマーを伝説のピックハンマーまで強化すると、どんな鉱床も一発で掘れる。

その上、ボロボロハンマーの時には一つの場所から一つしか採れなかった鉱石が三、四つ採れて、しかも上質のものが手に入るのだ。

まずは、ダンジョンで鉱石を集めて強化して、ハンマーを使いこなせるようにならねば！

ふふ、ゲームではあったノルマもない。

好きなことができるっていいなぁ。

少なくとも一ヶ月は食料もあるし、お金もあるみたいだから、しばらくは働く必要もない。

びば、異世界ライフ!!


早速ピックハンマーを手に持って、ダンジョンの入り口へ向かう。

真っ暗な洞窟を見て、ドキドキと胸が高鳴った。

アイテムボックスの中に入っていた蝋燭に火をつけ、洞窟内を照らす。

「入って大丈夫だよね？」

日の光が入らないからか、肌寒い気がした。

奥へ歩いていくと、なぜか燭台が置かれている。

なんでこんなところに燭台が……

少し悩んだけれど、ここは全て神様がくれたものだ。

罠とかではないだろうと、その燭台に持っていた蝋燭を置く。

すると、先ほどまで真っ暗だった洞窟内が、まるで昼になったかのように明るくなった。

「凄い！　魔法みたい……!!」

よーし、先に進もう！

明るい洞窟内に、テンションが上がる。

しばらく進んでいくと、大きめの岩がごろごろ転がっている場所にたどり着いた。

ところどころ、蛍の光のように光っている岩がある。

どうやらこれが鉱床のポイントのようだ。

いくぞぉ！　と勢いよくピックハンマーを振り上げ、そこに打ちつける。

ガチンッと大きな音とともに、岩が削れた。

削られた石は、砂のようにサラサラに変化してこぼれ落ちる。

その中から、赤茶色の石がころんと転がってきた。

拾い上げると《銅鉱石ー不純物を多く含んだ状態》と、頭の中に浮かんでくる。

初めての鉱石だぁ。

少し掲げてみた。嬉しくてニマニマしてしまう。

でも、まだまだいっぱい採らないとね。

鉱石をしまうと、次のポイントへ移動する。そして一つ、また一つと銅鉱石を掘り出した。

どうやら、ここは銅鉱石のポイントらしい。

そう思って、もう一個、と岩を崩すと、銅鉱石とは違う白い塊が中から出てきた。

え、なんで？　何これ。

すると、頭の中で《岩塩》と教えてくれる。

え、岩塩!?　なんで岩塩が出てくるの……？

このダンジョンは、鉱石か宝石しか出ないはず。そのどちらでもない岩塩が存在するのは、どうして？

……そういえばあのゲームも、ハズレなのか、ゴミ扱いの石炭とか出てきたな。これも、その一種なのかな？　うん。

さてと、銅鉱石は結構採れたし、ちょっと場所を変えてみようかな？

さらに奥へ歩くと、階段があった。地下に進むためのもののようだ。下りてみると、同じような洞窟が続いている。近くに鉱床を見つけたので掘ってみると、また銅鉱石が出てきた。

うーん、まだ銅鉱石かぁ。もっと下に行かないと、違う鉱石は手に入らないのかな？

そう思いながら、より奥にあった鉱床をハンマーで叩く。

……あれ？　割れない。

もう一度叩く。やっぱり割れない。

おかしいな……。さっきまではスムーズに割れていたはずなのに……

五回ほど叩いて、その岩はようやく割れた。

そこにあったのは《トパーズー原石》だった。これは、なかなか手に入らないやつだ！

なるほど！　そうか、だから硬かったのか。宝石を見てピンときた。

これは、ゲーム内でレア鉱床と呼ばれていた岩だったようだ。

恐らく初期のピックハンマーだと、何度も叩かないといけない。それを繰り返すと、さすがに十代の身体でも疲れ果ててしまうだろう。

今のハンマーのままでは、地下一階の鉱床か、この地下二階の鉱床までしか掘ることが難しいのだろうか。だけど、せっかく来たし、もう少しだけ頑張ってから戻ろうかな。

銅鉱石の時とは違い、二度三度と叩く必要がある鉱床に苦戦しながらも、なんとか鉄鉱石や石英などの鉱石を取り出すことができた。これらも、結構珍しい石だ。

頑張って掘ったので、腕がビリビリとしびれる。

よし、これくらいにして、部屋に戻ろう。

来た道を戻り、燭台から蝋燭を取ると、また真っ暗な闇に戻った。

どうやら、これが照明のスイッチ代わりになっているようだ。

長い間ダンジョンに篭っていたはずなのに、不思議なことに蝋燭の長さは変わっていなかった。

これも、神様からの贈り物だからかな？

ダンジョンの外に出ると、すっかり日が昇っていた。

そろそろお昼の時間だよね。

そう思った瞬間、お腹がキュルッと鳴いた。我がお腹ながら主張が激しいやつだ。

でもまぁ、ダンジョンで頑張って鉱石を掘りまくったしなぁ……

よし、お昼ご飯を食べて、今度は鉱石を使って金属塊を作ってみよう。

金属塊は、ゲーム内で駆け出しの鍛冶師が最初に作るものだ。

不純物を取り除いた金属の塊。きっと、その状態のほうが保存もしやすいはず……

金属を打てば打つほどスキルは上がるし、そうすれば作れるアイテムも増えるはず！　ふふ、頑張るぞ。

……と思いつつ、お腹を撫でて空腹を紛らわせた。

リビングに戻ると、エプロンをつけて冷蔵庫を覗き込みながら鼻歌を歌う。

ふふーんふーん。お昼ご飯は何を作ろうかなー。

取り出したのはバター、牛乳、鶏肉、チーズ、玉ねぎ、ほうれん草、ジャガイモ。

まず、ジャガイモを切って茹でておく。

それからフライパンにバターを溶かして、そこに一口大に切った鶏肉、次にくし形の玉ねぎを投入！　少し色が変わったところで、ほうれん草も加えて軽く炒める。

茹でたジャガイモが柔らかくなったら、耐熱皿に取り出してフォークでグニグニ潰して広げる。

そして、牛乳に塩、胡椒、コンソメの素をあわせて味を調え、潰したジャガイモにまんべんなくかけた。神様、コンソメの素も用意してくれるなんて気が利く！

フライパンの中身を耐熱皿に移し替えたら、チーズをたっぷりのせる。

それをオーブンに放り込み、数分すれば……いい匂い！

オーブンから取り出すと、湯気がふんわり立ち上る。

チーズの焦げ目が食欲を誘う、簡単グラタンの出来上がりだ。

レモンの果汁を加えた水をコップに入れて、スプーンを置いて……


「いただきます！」


ふぅふぅ、はふはふ、んまーい!!

我ながら上手に作れたなぁ。それに、労働のあとのご飯は格別だね！

このグラタンは、私流のずぼらメニューの一つ。

ホワイトソースを作らなくても、チーズのとろみと牛乳のコクで十分美味しいのだ。

はー、幸せ。

朝も思ったけど、こんなに美味しいご飯を、ゆっくり味わって食べるのはいつぶりだろうか。

あっという間にペロリと食べ終える。


腹ごしらえも済んだし、早速金属塊作りだ。

鍛冶場には、道具を置くための金属のフックがついた、太い丸太がある。

それから、金床と呼ばれる金属を打つ時に使う作業台。

炉はレンガでできており、念じるだけであっという間に高温の炎が出るようになっている。

そして、焼けた金属を冷やすために、バケツには透明な水がたっぷりと入っていた。

金床の前に立つと、ウィンッと目の前に半透明の板が現れた。そこには、たくさんの武器名が書いてある。どうやら、今作れるものの種類を提示しているようだ。

恐る恐るその板に触れ、その中から金属塊の項目を開く。

そこには、必要数の鉱石を炉に放り込み、炉が光ったタイミングでバケツへ入れたら完成と書かれていた。

よし、やってみよう！

両手にゴツイ手袋をはめて、炉に銅鉱石を放り込む。

そして丸太に引っかけられた大きなペンチを持ち上げると、真剣な顔でじっと炉を見つめる。

……どれぐらいの時間が経っただろう？

すると、炉の中がピカッと煌めいた。

今だ！

急いで朱く染まった金属を取り出し、それをバケツの中へ放り込む。

ジュウウーー！　と大きな音とともに、熱によって蒸発した水が煙になる。

そして、バケツの中のものが瞬いたので取り出すと、ゲームでよく見た四角形の金属塊が完成していた。

「でき……た」

薄茶色に明るく輝く金属塊。

それを見つめていると、頭の中に《銅ー不純物を取り除いた状態》と出る。

私は銅鉱石から、銅を作り出すことができたんだ！

「本当に、本当にできたんだ……」

胸がじんわりとあたたかくなる。

元いた世界では、散々な生活をしていた。

でも、これからはこの世界で、鍛冶師として楽しく生きていける。

私は溢れてくる嬉しさを、ギュッと噛みしめたのだった。

第二章　村までの遠い道のり！

それからというもの、鉱石を掘ることと鍛冶をすることに、すっかりはまってしまった。

気づけば、あっという間に一ケ月が過ぎていたようだ。

まあ、その甲斐があって、鍛冶でクオリティーの高いものが随分作れるようになったんだけどね。

憧れていた、夢の生活。

好きな時間に寝て、好きな時間に起きて。

美味しいご飯を食べて、あったかいお風呂に入って。

誰にも邪魔されることなく、趣味に没頭できる時間がある……

ああ、なんて素敵な異世界生活！　神様ありがとう!!

――が、その生活もいよいよ終わりのようだ。

目の前の、空っぽになった冷蔵庫を閉める。

神様が用意してくれていた食料は、ついに底を尽きてしまったようだ。ふぅとため息をつく。

お米と味噌と醤油で作れる焼きおにぎりを食べながら、買い出しに行こうと決意した。

いよいよ異世界デビューだ。

……いや、ここ異世界なんだけど、外の世界に踏み出す、初めての日ってことね！

えーと、最寄りの町や村のことを考えてみよう。

すると、地図が頭に浮かんでくる。最寄りの村は徒歩で一時間だと表示されて、唖然とした。

徒歩で一時間!?　い、嫌だ、歩きたくない。

神様は、村が少し歩いたところにあるって手紙に書いてたけど……一時間が少しなわけ!?

今まで三十分の距離でも歩くのが嫌で、車使ってたのに！　ありえない……

でも、食料はもうないし、買わないとダメだ。米はあるけど、お肉とお野菜がほしい。

今の私は若いから体力もある。大丈夫なはずだ。

買い出しに出る前に、必要なものを準備しよう。

まずはお金。お金がないと何も買えないからね。

神様が昔働いてた分のお金を、こっちの世界に持ってきてくれたって言ってたし、何も買えないことはないはず。

そう考えたら、通帳のようなものが脳内に浮かぶ。おそらくそこに書かれている数字がお金なのだろう。

……あれ、ゼロが多い……一、十、百、千、万……二億三五一二万八〇〇〇？

結構頑張ってきたなぁ。……って、二億⁉

は、働かなくていいでござるぅー。

そもそも、そんなに貯金なかったよね？　こっちの世界とあっちでは、お金のレートが違うのかな？　アメリカのドルと日本の円みたいに。

こちらの物価がどれくらいかわからないけど、この金額で少ないってことはないはずだ。

よし、それなら早速村に行こう……として、ふと足を止めた。

たくさん武器や防具でごった返した倉庫を思い出す。一ヶ月の間、鍛冶が楽しすぎて作りすぎてしまったのだ。

倉庫には幾らでも入るとはいえ、作った武器や防具をこのまま置いておくのはもったいないよね。

村で、私が作った武器を売ってみるのはどうだろう？

せっかく作ったんだから、誰かに使ってほしいし。

それに、ダンジョンで採れる鉱石だけでは作れない武器や防具のレシピもあったはず。

魔物の素材を材料とするものもあったし、作ってみたい。

でも私は魔物とは戦えないから、素材を手に入れるには買い取るしかない。

あのゲームでは、魔物の素材は結構高価だった。それを買い続けていたら、今あるお金はすぐに尽きてしまうかもしれない。

私の作ったものがどれくらいの値段で売れるのかはわからないけど、試しにいくつかの武器を持っていって売ってみよう。

そうと決まれば、一番簡単な銅で作った剣や防具をアイテムボックスに詰める。

重さは感じないし安心して運べるから、アイテムボックスは便利だね。

そういえば、元いた世界で見たファンタジー系アニメでは、アイテムボックスを持ってるキャラが厄介なことに巻き込まれたり、悪い人に狙われたりしたのを見た気がする。アイテムボックスは、レアなスキルであるケースが多いから。

脳内辞書——頭の中に説明が浮かぶのを、これからはそう呼ぶことにした——でスキルのことを確認すると、やっぱりこの世界でもアイテムボックスはレアスキルらしい。

その上、出るわ出るわ、レアスキル保持者の誘拐事件！

念のため、マジックバッグに見えるように、かばんも持っていこう。

マジックバッグっていうのは、何も入っていないかばんから、ほしいものを取り出せる特殊アイテムのこと。

アイテムボックスをかばんの中で開けば、きっとマジックバッグに見えるよね。

こちらも珍しくはあるけれど、生まれつき与えられるスキルではなく買えるものなので、まだマシだろう。

大きめの茶色いかばんを持って……うん、これでよし。家を出て、鍵をかける。

庭を抜けて柵(さく)を閉めると、鍛冶場(かじば)の時と同じような半透明の板が現れ、『家の防犯システムを作動しますか？』と表示された。

そういや、神様に自宅の防犯頼んでたな。

でも、今回はそこまで遠くに行かないし、大丈夫だろう。

「今回はいらないかな」

『いいえ』の文字に触(ふ)れると、板はパッと消えた。

私はようやく、村へと続く平坦な一本道をトコトコと歩き始める。

芝生(しばふ)のように短い草がたくさん生(は)えた草原を進み、林に入った。

ここまでで二十分くらい歩いただろうか？

ふと草を見ると、ダンジョンの鉱床(こうしょう)のようにピカピカと光っている。

なんだろうとそれを拾ってみると、《薬草－下級水薬の材料》と頭の中で反応した。

これが、薬草なんだ!!

蓬のようなザクザクした葉っぱを見て、へぇーと感心する。

辺りを見回すと、ところどころに同じように光っている場所がある。

薬草なら、採っていこう！

光る場所を探して薬草の採取に夢中になっていると、気づいたら林の奥深くに来てしまったらしい。

突然、草むらの中からガザガザと音がする。

そこから姿を現したのは、黒いもやをまとった大型の犬。

その目は白く濁り、鋭い牙が生えた口からは絶えずよだれがこぼれ落ちていた。

額には小さな角のようなものが生えており、普通の獣ではないことがわかる。

どうやら、魔物が生息する場所に来てしまっていたようだ。

犬は私を完全に獲物だと認識したのだろう。唸り声を上げながら様子を窺う。

私は咄嗟に、アイテムボックスから銅でできた剣——カッパーソードを取り出し構えた。少しは牽制になるだろう。

けれど、ガタガタと剣を持つ手が震える。

犬は私の周囲をグルグルと回る。私は必死に犬を目で追いかけた。

緊張のせいだろうか、ツーと頬を汗がつたう。

その瞬間、まるで汗が落ちるのが合図だったかのように、犬は私に襲いかかった。

犬の牙が、爪が、目の前に迫る。

だが、その凶器が私の身体に触れる前に、私は構えていた剣を反射的に振り下ろした。

ザシュッと、包丁で肉を切るような感触が剣から伝わってくる。

黒い血が目の前に広がり、どさりと犬が倒れた。

ピクピクと動く犬。次第にその動きは小さくなり、そして完全に停止する。

「……殺し、たの？」

カランと剣を落とす。

ホッとしたからか身体の力が抜けて、へたへたとその場に座り込んだ。

犬の死骸を見つめていると、その身体は黒い砂の塊になり、風に舞うように消えていった。

そして死骸のあとには、犬の牙のようなものと黒い石が落ちた。

それらを拾い上げてみると、石は《魔石（小）－属性：無　空気中の魔力が固まったもの》、牙は《ハングリードッグの牙－鋭く硬い牙。矢に加工するのが最適》と脳内辞書が説明してくれる。

まるでゲームのドロップ品だ。本当に現実味がない。

けれど、襲ってきたとはいえ、確かに自分が倒したのだ。殺したのだ。

犬を斬り裂いた感触が、まだ手の中に残っている。

……怖い。

それでも、殺さなければ私が死んでいたのだ。

ここで生きていくためには必要なことなのだと自分に言い聞かせて、気持ちを奮い立たせる。

これまでだって、牛や鶏、豚肉を食べてきたではないか。命をもらってきたではないか。

自分で殺さなかったから、自覚がなかっただけで。

それをリアルに感じるようになっただけだ。

大丈夫、これがこの世界での日常になるのだ。

昔読んだ小説に、突然見知らぬ世界に来て魔物に襲われた主人公が、戸惑いながらそれを倒す場面があった。

あの主人公も、初めて奪った命にこんな気持ちを抱いたのだろうか？

生きるためには殺すしかない。躊躇したら、死ぬのは自分なのだから。

落とした剣を拾い上げて、ハッとする。血がついていないのだ。

確かに目の前に広がったはずの、黒い血。犬の死骸があった場所を見つめる。

けれど、血の跡はどこにもなかった。

魔物って、一体なんなんだろう。

生きていた痕跡すら残さず消えてしまう、悲しい生き物なのだろうか？

脳内辞書にも、『魔物は世界にとって悪影響を及ぼすもの』としか載っていない。

では、なぜ倒したあの犬はまるで溶けるように消えていったのだろう。

そう考えていると、脳内辞書が答えを教えてくれた。

それは、私のスキルが働いた結果だった。

私には、どんな石でも発掘できるスキルがあるらしい。

あの魔物には魔石があったが故に、鉱床の岩と同様に砂のように消えたのだ。

砂みたいになって消えるのは、ダンジョン内の設定ではなく、私のスキルのせいだったのか……

ピックハンマーを使ってたわけじゃないのに、そうなるのは不思議だ。

でも死骸をあのままにしておくと、血の匂いに誘われて、もっと多くの魔物が集まってきた可能性もある。そう思えば、私のスキルが働いてくれたのはよかったとも言える。

とりあえず、一件落着だ。

すると、すっかり安心しきってしまったせいか、グーとお腹の音がした。

まったく、私のお腹は私よりも正直者のようだ。

早く村に行って、食べ物を食べよう。とりあえず、他のことはそのあとで考えよう。

脳内マップには、もう二十分もすれば着くと記されていた。薬草の採取に夢中になっている間に、随分と進んでいたようだ。

よーし、もう少しだ。がんばろう!!

でも……帰り、楽に帰れる乗り物とか、なんかないかなー?

第三章　村の人たちとの交流

「ふぅ、ようやく着いたー!!」

あのあとは、魔物に遭遇することなく村に来ることができた。

村は木でできた壁でくるりと囲まれている。砦というやつだろうか？

近くまで来ると、一ヶ所だけぽっかりと開いている。村の入り口のようだ。

入り口では、イカツイ顔をした、筋肉質のおじさんが検問していた。

私は、早速そのおじさんに話しかけてみる。

「ねぇねぇ、おじさん！　中に入るにはどうすればいいの？」

「ん？　珍しいな、こんなちんまいのが来るのは。村へ来るのは初めてか？　身分証は？」

ちんまい。確かに十三歳だし、日本人は背が低いから小さいっていうのはわかるけど……

そんなことより、問題発生だ。

「身分証……持ってないや。ないと入れないの？」

アイテムボックスを見た時は、そんなものはなかった。せっかく来たのに、何も見ずに戻らないといけないってこと？

そう考えたら、目の奥が熱くなる。

「いや、大丈夫だから、泣くな。ちょっと、手続きするだけだから！」

気づいたら涙目になっていたようで、おじさんが慌てて教えてくれる。

「本当？　よかったぁー」

「やれやれ、頼むから泣かないでくれよ？　子守りは慣れてないんだ」

子守りって……失礼なおじさんだ。思わずむぅとしてしまう。

「今度はむくれないでくれ。この村に入る手続きをするぞ」

おじさんが差し出したのは、大きめの黒い石だった。

それを見て首を傾げていると、おじさんは笑って言う。

「お嬢ちゃん、ここよりも田舎から来たのか？　これは魔造具の判定機だよ。悪い人かいい人かを判定する機械だ」

魔造具は魔石にいろいろな魔力の効果を特殊な方法で加えることで、作られる機械のようなものだ、と脳内辞書が教えてくれる。

実はこの世界の一般的な家庭にも魔造具はある。火の魔力を魔石に加えることでできる、料理をあたためる魔造具なんかは有名らしい。元の世界でいう、電子レンジみたいなもの。

へえ、と感心しながら判定機を眺めていると、頭の中に説明が浮かぶ。

《判定機ー旧式。指名手配者以外に反応しない》

なるほど、指名手配されてなければ、何事もなく通ることができるってことだね。

私は安心しながら、おじさんに尋ねる。

「どうすればいいの？」

「この石の上に手を置くだけで大丈夫だ」

「はい」

手を石の上に置くと、吸いつくような感覚があった。おじさんは石の反応をじっと見つめている。

「……大丈夫そうだな」

「よかった」

おじさんの言葉を聞いて、私はホッと胸を撫(な)で下(お)ろす。

「じゃあ、後はここに記入を頼む」

「はい」

今度は一枚の紙を渡された。記入する項目は名前、歳、職業だけ。

すると、《簡易嘘発見器—書かれた情報が本当か嘘かを見抜く》と脳内辞書が教えてくれた。

紙型の魔造具(まぞうぐ)まであるのか！

小さい村っぽいのに、結構ちゃんとしてるんだ。

びっくりしながら、改めて紙を眺める。

名前かぁ。

以前優しく私を呼んでくれた両親も、友人も、ここにはいない。

生き返るのを拒んだ時点で、前の世界での名前を名乗る資格はないと思う。

もう既に、私は新しい人生を始めてるんだ。

自分で考えても、大丈夫だよね？

ずっと大好きだった、鍛冶をするきっかけになったゲームの主人公の名前。

どんな苦難も笑顔で乗り越えて幸せを掴んだ、あの少女。

「お嬢ちゃん、大丈夫かい？　文字が書けないんだったら、俺が代わりに書いてやろうか？」

じっと紙を見て悩んでいたから、おじさんが不審に思ったのか、声をかけてきた。

あ、いけない。想いを馳せてしまった。

「大丈夫です！　どうぞ！」

さっさと記入して、紙を渡す。スキルのおかげか、この世界の文字がすらすら書けた。

「名前　メリア」「歳　13」「職業　鍛冶師」

メリア。それが、今日から私の名前だ。

「これでよし、通っていいぞ。身分証はこの村のギルドで発行できるから、作っておくといい。……へぇ、鍛冶をするのか」

おじさんが紙を見ながら話しかけてきたので、私は頷く。

「はい」

「いいねぇ。この村にゃ鍛冶師なんてもんはいねぇし、旅商もここは魔物も出にくいし売れねぇからって、武器は持ってこねぇんだよ」

「そうなんですね」

「そうなんだよ。見てくれよ、俺の相棒」

そう言って見せてきたのは、ところどころ錆びついて刃こぼれもしている、今にも折れてしまいそうなボロボロの剣だった。

「ひでぇ武器だろ？　でも、ここは平和だからよ、この武器でもなんとかなるんだぜ！　魔物程度なら斬ることができるしな」

私の反応を見て、おじさんは苦笑いしながら言う。

おじさんの剣は、《鉄の剣－手入れがされず今にも壊れそう》と頭の中で判断される。

それなら、この剣は修復スキルだけでは対応しきれない。家の鍛冶場で鍛え直さないと……

そう考えていると、おじさんはそのボロボロの剣を大事そうにしまった。

私のアイテムボックスの中には、さっき使ったカッパーソードも、その他の武器も入ってる。おじさんにその武器を売るのは簡単なことだ。

でも、その動作と表情で、おじさんがその剣にとても思い入れがあるんだとわかってしまう。

「お、おじさん」

思わず声をかけた。

「ん？　なんだ？」

「おじさんの剣……私に鍛え直させてくれませんか？」

「いやぁ、ここは平和だし、俺これしか持ってねぇから。どれだけ壊れそうでも、魔物や盗賊が来た時に武器がないのは困る」

おじさんはそう言って、私の提案を嫌がった。

それなら、と私はかばんの中でアイテムボックスを開き、カッパーソードを取り出す。

「なら、この剣、貸してあげます！」

「どこから出したんだ。これはカッパーソードか」

剣を差し出すと、おじさんは真剣な目で剣を見つめた。

そして受け取り、何もないところで素振りを始める。

……どことなく、型がしっかりしている気がする。

ちゃんと敵を想定した動き。剣が風を斬り、シュンッと鳴る。

そして、おじさんは仕上げとばかりに近くにあった木の枝を切り落とした。枝はしなることもなくスパッと斬られた。

おじさんは私の剣を見つめ、そして私を見て言う。

「いい剣だ」

「ありがとうございます。それ、私が鍛えたんです」

「癖(くせ)がない。素直な剣だ」

微笑みながらそう言ってくれたあと、おじさんは自分の剣を見つめた。

「その剣は、おじさんにとってとても大切な剣なんですね」

おじさんはにっこり笑いながら、私の言葉に頷く。

「ああ。これはな、俺の親父が使っていた剣なんだ。親父が亡くなる前、俺はこの剣に大切な人を守り続けると誓ったんだ」

おじさんは目を瞑(つぶ)り、何かを考えるように黙った。そして、先ほどまでとは違う目で私を見つめる。

「剣を鍛(きた)え直(なお)すって話、少し、考えさせてくれ」

「はい。私、この道の先に住んでいるので、いつでも持ってきてください」

大事な剣だから、会ってすぐのよく知らない子に預けられないよね。仕方ない。

私が心の中で少し落ち込んでいると、おじさんは不思議そうに首を傾げた。

「この先？　あんなところに家があったか？」

「あるんです。ちゃんと、私の家が。……そうだ、鍛冶屋(かじや)を開きますから、その気になったら是非!!」

そうだ、おじさんがいつでも剣を直せるように、私がお店を開けばいいんだ！

グッドアイデアを思いついて、思わず笑みがこぼれる。

「ふはは、わかった。わかった。じゃあ、その時になったら頼むなぁ。俺の名前はジィーオだ。この村で何かあったら頼ってくれ」

さっきまでの愛想笑いじゃない、とびっきりの笑顔でおじさんは言う。

それからカッパーソードを返してくれようとするが、私はそれを拒否した。

「もらってください。剣を鍛える日が来たら必要になりますし」

けれど、おじさんは大きく首を横に振る。

「いや、これだけいいカッパーソードなら、普通に売れるだろ？　それに……」

「いいんです！　おじさんの剣、本当にもうボロボロで、いつ折れてもおかしくないじゃないですか」

「うぐっ。それを言われると……」

リアクションがいいのか、図星だったのか、殴られたフリをするジィーオさん。

それから少し考えこんだあと、ゆっくり口を開いた。

「本当にいいのか？」

「もちろん。嘘じゃないですよ。それに、売りものならいっぱいありますし！」

私がかばんから数本の剣を取り出すと、ジィーオさんは驚いた顔をする。

「お前、そんなたくさん、どこからっ!?　いや、さっきも取り出していたな。まさか、マジックバッグ持ちか？」

「そうなんです」

「いいなぁ。俺も冒険者だった時は憧れてたなぁ」

「これは、お師匠が独り立ちする時に与えてくれたんですよー」

本当はお師匠じゃなくて神様だけど……と心の中で呟く。ジィーオさんは、感心したように首を縦に振った。

「ほうほう、いい師匠を持ったんだな」

「ええ！」

そんな話をしているうちに、ジィーオさんと仲良くなり、無事に剣を受け取ってもらうことができた。

武器の有無で生死が分かれることもあり得るからね。

あの気のよさそうな人が傷つくことがないといいなあ。

ジィーオさんは剣の代わりにと、村の情報を教えてくれた。

食事をするなら、入ってすぐ左に行くと美味しい食事処と宿がある。

冒険者ギルドは入ってすぐ右。経営者ギルドもそこが兼ねている。

肉屋や八百屋はないけれど、ここに住む人たちは基本的に自給自足の生活をしているため困らないそうだ。

すぐそこの森や林に入れば兎や猪、鹿などの動物がいるので、腕に覚えのある人は数人で狩りに出て肉を確保するらしい。

野菜は自分の畑で育てている人が多く、近所の仲のいい住人と交換で手に入れているとのこと。

それでも手に入れられないものは、一週間に一度、旅商人による露店市場があり、そこで購入しているんだって。

週に一度開かれる市場はちょっとした楽しみのようで、皆心待ちにしているそうだ。

露店市場では、肉や野菜も取り扱っていると聞いて、安心した。

でも、次に旅商人が来るのは、明後日なんだとか。

運が悪く、すぐには食材をゲット出来そうにない……残念。

ジィーオさんにお礼を告げ、私は村にようやく足を踏み入れた。

村の中は、一つ一つの家がほどよく離れており、ところどころで野菜が育てられている。

お婆ちゃんの家があった田舎の風景に似ているなぁと懐かしくなりながら、食事処兼宿屋へ向かう。

店がないなら市場が開かれるのを待つしかないし、明後日までここに泊まろう。

一時間歩くのは家に篭って鍛冶ばかりしていた私には辛いし、家に帰っても食材がないしね。

宿屋は他の家よりも大きくてわかりやすかった。

木製の看板には『猫の目亭』という店の名前と、デフォルメされた猫が描かれている。

宿のすぐ隣には畑があり、野菜が青々としていた。

その奥には小さな小屋があった。それは厩のようで一頭の茶色い馬が乾草を食べている。

あとで近くに行ってみようと心に決めて、パタパタと服の埃を手で払い、扉を開けた。

――チリンチリン。

扉の端についていた、小さい鐘が鳴る。それに合わせて、可愛らしい声が響いた。

「いらっしゃいませ！」

今の私より、少し年下だろうか？　茶色い髪をおさげにした、八歳くらいの少女が声をかけてくれる。

「お食事ですか？　お泊まりですか？」

「えっと、両方お願いしたいんだけど……」

「わかりました！　少々お待ちください！」

普段から手伝っているのだろう。慣れた様子で少女はそう言うと、階段横のカウンターの奥へ消えていった。

私は、カウンターの前で言われたとおり待つことにする。

『猫の目亭』は一階は大きなホールで、テーブルと椅子がたくさん並んでいる。

どうやら階段を上がったところが宿泊用の部屋になっているようだ。

物珍しくて階段の上を見上げていると、「おかあさーん!!」という大きな声が聞こえた。さっきの女の子の声だ。それに答えるように、優しそうな声が店内に響く。

「ミイナ、お客さん？」

「うん、食事もお泊まりもだって！」

「あら、珍しい」

「私より、少し大きいお姉ちゃんだったよ！　早く早く」

「はいはい、わかりました」

少女に手を引かれてカウンターから出てきたのは、声と同じように優しそうな、少女とよく似た女性だった。

「あらぁ。本当に今日は珍しい。市場に来られた方がお泊まりになることはあるのだけど、そうでないとあんまりお客様は来ないのよねぇ。それに、こんなに可愛らしいお客様は久々だから、嬉しいわぁ」

その人はおっとりとした様子で、目を細くしながら声を弾ませた。

私は、その人に明るく答える。

「ここから一時間ほど歩いた場所に、新しく越してきたんです。村に来てみたんですけど、市場が明後日って聞いて。家に帰っても食材がないし、どうせなら宿屋に泊まっちゃえって思って」

「あら、まぁ。そういうことなら大歓迎よぉ。一泊３５００ビーンズ。朝夕の食事付きなら５０００ビーンズになりますよ」

ビーンズ……？

聞き慣れない言葉に、一瞬はてなが浮かぶ。けれど、すぐにこの国のお金の呼び方だとわかった。

書く時の単位はＢらしい。

脳内辞書によると、硬貨と紙幣の二種類があり、１、10、１００、５００Ｂまでが硬貨。

１０００、５０００、１００００Ｂが紙幣で、前の世界と同じだ。

それ以上の金額は冒険者ギルドが発行する小切手のようなもので支払う。

冒険者ギルドは銀行も兼ねているようだ。

ふむふむと頷いたあと、ハッと我に返る。

私がなかなか動かないので、二人は首を傾げ、心配そうにこちらを見ていた。

お金がないと思われてしまったのかも。

「ごめんなさい、ちょっとお腹が空いて、固まっちゃってました」

「やだ、お姉ちゃんってば」

「うふふ、うちのごはんはとっても美味しいわよぉ～」

えへへとお腹をさすって笑うと、二人も一緒に笑ってくれた。

「えーと、食事付き二泊で、１００００Ｂですね。ここで払っていいんですか？」

私が尋ねると、女の人は頷く。

「ええ、先払いになっているから大丈夫よ」

かばんを探るフリをして、アイテムボックスから１００００Ｂを取り出した。

「はい、お願いします」

「はい、受け取りました。それと、こちらにお名前の記入をお願いできるかしら？」

「はーい」

少しごわごわした紙に自身の名前を書き、お金を支払うと、女性はにっこり笑ってくれる。

「ありがとうー。それじゃあ、これが鍵よ。食事は、ここのホールのテーブルでお出しするわ。朝食が朝の鐘から半の鐘まで。夕食は夕の鐘からこの看板が出るまでだから、気をつけてね」

女性が指さしたのは、カウンターの上にある『営業終了』と書かれた看板。

「その看板は、どれくらいでかけられるのですか」

「今の時期なら、日暮れを少し過ぎた辺りまでかしら」

「わかりました」

時計がないから、明確な時間は決められてないらしい。

ちなみに私は、脳内で正確な時間を把握することができる。今はちょうど、昼の鐘が鳴って少ししたところだ。

鍵といって渡されたのは、手のひらほどの木片の両面に白い塗料がついたものだった。

泊まる手続きが終わると、迎えてくれた女の子に声をかけられる。

「お姉ちゃん、朝と夕ご飯は、好きな席に座ったら、その鍵を見せてね。お昼は別料金をここで払ってね！」

全ての支払いはこのカウンターでするらしい。私は大きく頷く。

たくさん空いている席の中で目についた場所に座ると、すぐに少女はメニューを持ってきてくれた。

「お昼は三つのメニューから選べるの」

「そうなんだ、ありがとう」

早速メニューを見てみる。

こんがり鹿のステーキ　スープ・パン付き　３０００Ｂ
猪肉の肉団子シチュー　パン付き　１５００Ｂ
きのこと野菜のオムレツ　スープ・パン付き　１０００Ｂ

うわぁ、どれも美味しそう。決めかねて、少女のお勧めを尋ねた。

「あなたはどれが好きなの？」

「どれも美味しいけど……私は、猪肉の肉団子シチューが好き！　猪肉がね、すっごく柔らかくて美味しいの」

「そうなんだ、なら、それをお願いします」

私がそう言うと、少女は元気に返事する。

「はーい！　飲み物はどうするの？」

「水が３００Ｂでオレンジジュースが５００Ｂかぁ。なら、オレンジジュースで」

「わかりました！」

女の子が明るく頷いた。メニューを返しながら、聞いてみる。

「私はメリア。あなたは？」

「私？　私はミィナだよ！　お姉さん、ごゆっくりどうぞ！」

ミィナちゃんはそう言い残して、「お父さーん。注文入ったよー」と先ほどのようにパタパタと奥へと入っていった。

さて、この世界に来て、初めての外食。すでにテンションは上がりまくってる!!

今なら十人前はいけちゃうかも!?

嘘です、盛りました。一人前でお願いします。

しばらくすると、奥から黒い雑穀パンとシチューを持った、二メートルはある大柄の男性が出てきた。

その人は無言でそれを私のテーブルに置くと、すぐに下がっていった。

ぽかぽかと湯気が立つシチューの香りに食欲が湧く。

いただきます、と手を伸ばした。

薄く切ってある雑穀パンは、フランスパンのように外側はパリパリ。

中は雑穀（ざっこく）の風味が感じられて、ザクッとした歯ごたえがある。

シチューは具だくさんで、肉団子の他にじゃがいもや人参（にんじん）、玉ねぎがゴロゴロと入っている。

じゃがいもを齧（かじ）るとほどよくホクホクとして、優しいミルクの味がじんわりと舌に伝わってくる。

猪肉（ししにく）の肉団子はハーブが使われているようで、猪肉（ししにく）の臭（くさ）みを感じない。

ちょっといいステーキ屋さんで食べるハンバーグのような、高級感のある食感。

お腹が空（す）いていたのもあるけれど、美味（おい）しくて手が止まらず、すぐに完食する。

「あー美味（おい）しかったー！」

「ふふ。お姉ちゃん、本当にお腹が空（す）いてたんだね」

食べている様子を見ていたのだろう。すっからかんになった食器をミィナちゃんが取りに来たようだ。

私は満面の笑みで、ミィナちゃんにご飯の感想を伝える。

「それもあるけど、めちゃくちゃ美味（おい）しくって、止まらなかったよー」

「えへへー、ありがとう。それ、お父さんが作ったんだよ！」

「そうなんだ。夕飯がとても楽しみになっちゃった」

お父さんの料理を褒（ほ）められたのが嬉しかったのか、ミィナちゃんはニコニコと笑いながら雑談に応じてくれる。

「そうか、なら腕によりをかけて作ろう」

その時、低い声が会話に入ってきた。そこにいたのは、先ほど料理を運んできてくれた男性だ。

「お父さん」

ミィナちゃんがお父さんと言うなら、この人がこの料理を作ったのだろう。

「本当ですか？　すっごく美味しかったので、嬉しいです」

私がそう言うと、ミィナちゃんのお父さんは無言で頷いてくれる。

そしてミィナちゃんの頭をひと撫ですると、空の食器を持って奥へと戻っていった。

頭を触るミィナちゃんが少し悲しげなのに気づき、声をかける。

「ミィナちゃん？　どうしたの？」

「お客様に言うことじゃないんだけど……お父さん、最近忙しくて構ってくれないの。前はいっぱい遊んでくれたのに……」

「そうなんだ。お店が繁盛してるんだね」

私は慰めるつもりで言ったのだけれど、ミィナちゃんは首を横に振る。

「ううん、お店の忙しさは前と全然変わってないの」

「そうなの？」

「ただ、お父さん……仕込み？　っていうのに時間をかけるようになって……」

料理の仕込みは確かに大変だけど、毎日しているのならそれほど時間がかかるものではないし、慣れていくにつれて速くなってもおかしくない。

「新しい料理とか、時間がかかるメニューが増えたの？」

「ううん。ずっと同じメニューだよ？」

お店が繁盛しているわけでもなく、メニューも変わらないのに、仕込みに時間がかかる？

どういうことだろうと思っていると、ミィナちゃんがさらに口を開いた。

「あのね、お父さんの包丁、最近全然切れないの。それで時間がかかるのよ」

なるほど、包丁か。確かに切れ味のよし悪しで、だいぶ時間は変わってくるかもしれない。

でも……料理人って、包丁をちゃんと研いで手入れしてるんじゃ？

「切れなくなったって、研いではいるの？」

「？　研ぐってなあに？」

「包丁の刃の鋭さを保つために、砥石というもので、シャカシャカと手入れをするんだけど……」

「お父さん、そんなのしたことないよ」

ふむ。研いでいないなら、包丁の刃がボロボロの可能性は十分にある。

この世界の包丁は研げないのだろうか？　それとも、砥石が高価なのだろうか？　それに研ぎ師もいないのか？

疑問は湧いてくるけど、そんなことより、今はしょぼんと俯いてるミィナちゃんだ。

「ミィナちゃん。あのね、実はお姉ちゃん、鍛冶師なの。もしよかったら、お父さんの包丁見せてもらえないかな？　切れるようになるかも」

「本当!?」

ミィナちゃんは、ぱぁと顔を上げて声を弾ませる。

すると、ミィナちゃんのお父さんがやってきた。私たちの会話を聞いていたらしい。

「頼めるか？」

その手には、少し刃こぼれした包丁があった。これは肉とか切りにくかっただろうな。

むしろ、よくこれであれだけ美味しいご飯を作れたものだ。

おそらく、切れない包丁でいつも頑張っていたのだろう。ここには鍛冶屋がないと、ジィーオさんも言っていたし。

「拝見します」

「頼む」

日本の和包丁とは違い、短剣のような形をしている。素材は鋼なので研ぐことは可能。

アイテムボックスの中を探すと、砥石が入っていた。持ってきていてよかった！

神様からもらった修復スキルの中に研ぐ項目はあるし、昔から料理は好きだから、包丁を研いだ経験もある。

「よーし、研ぐことができそうです！」

作業しやすい場所を尋ねると、厨房に近いテーブルへ案内される。

私は粗めの砥石と細かい砥石、仕上げ用の砥石を取り出し、ミィナちゃんにタライに水を汲んできてもらう。そしてスキルを使いながら、シャカシャカと包丁を研いでいく。

まずはじめに粗めの砥石、次に細かい砥石、最後は仕上げ用の砥石と段階を経て研ぎ続け、一時間ほど。

切れないほど刃こぼれしていた包丁は、その跡形もないほど、新品のようになった。

ミィナちゃんとミィナちゃんのお父さんに見せると、それはもう、とっても喜んでくれた。

「これなら、ミィナを悲しませることなく、早く仕込みを終えることができそうだ」

ミィナちゃんのお父さんが、微笑みながら言う。ミィナちゃんも顔を輝かせていた。

「お姉ちゃんありがとう!!」

「いえいえー」

嬉しそうに抱きついてくるミィナちゃんは可愛い。

「お代は？」

ミィナちゃんのお父さんが聞く。

お代かー。あんまり考えてなかったなあ。研いだのも、ミィナちゃんがあんまり悲しげだったからだし。

あ、そうだ。

「お昼ご飯代、まだ支払ってませんでしたよね。それでチャラにしてくれませんか？」

「……いいのか？」

「はい。それに、夕飯も期待しています」

「わかった」

よかった。ミィナちゃんのお父さんの作る夕飯、楽しみだなぁ。

そうだ。ついでに鍛冶屋の宣伝しておこう。

「あの、私、林の道を歩いたところに住んでいて、そこで鍛冶屋を開こうと思ってるんです。また包丁が切れなくなったら、早めに持ってきてください。もしそれが難しいようでしたら、砥石を買って自分で手入れしてみてください」

「わかった」

ミィナちゃんのお父さんはコクリと頷いて、包丁を大事そうに持つ。

その姿にホッとしながら、私は『猫の目亭』をあとにした。

さて、お腹いっぱいになったし、冒険者ギルドに行ってみようかな。ジィーオさんが、身分証を作ったほうがいいって言ってたし。

冒険者ギルドは『猫の目亭』の目の前。道路を挟んだお向かいさんだ。盾と剣をモチーフにした看板が立てられている。

ウェスタン扉と呼ばれる、西部劇によく出てくる二枚扉を通ると、正面にカウンターがあった。

中は三つのブースに区切られていて、右から『アイテム』『クエスト』『相談』と書かれた看板が貼ってある。

お役所みたい、と思いながら左の壁を見ると、複数の紙が掲示されていた。こういうの、ゲームで見た気がする。多分、冒険者への依頼書だ。

右の壁にはこの世界の大きな地図が貼られ、それにはたくさんのピンが刺さっている。赤いピンがこのギルドを示していて、無数の青いピンは他のギルドを表していると書かれていた。

ギルドは、結構いろんな場所にあるんだな。

さて、とりあえず身分証をもらうために相談かな。

カウンター窓口まで足を進めると、クークーと小さな吐息を立てて眠っている、猫耳をつけたお兄さんがいた。

こ、これは獣人(じゅうじん)!? この世界、獣人もいるんだ!

かわいい〜。猫の獣人だから、お昼寝しちゃったんだー。

観察していると気配を感じ取ったのか、お兄さんが目を覚ました。

「んー？ 君だーれー？」

のんびりと間延(まの)びした口調とは裏腹に、お兄さんの耳はピーンと立って、警戒してる様子がよくわかる。

「あ、私、最近林の先に住み始めたんです。そこで鍛冶屋(かじや)を開こうと思って……。えっと、メリアっていいます」

「ふぁーぁ。じゃあ、君が噂の鍛冶師(かじし)さんかぁ」

お兄さんは欠伸を噛み殺しながら、ゆらゆらと尻尾を動かして私を見ている。

「え、噂って……？」

私、ここに来たの、ついさっきだよ？

「ふふー。ここはねー、娯楽も何もないからねー。なんか変わったことがあったら、すぐ伝わるんだよー。あと、検問してたジィーオが、君の作った剣を嬉しそうに振り回してたからねぇ」

「あー。なるほどー」

ジィーオさん、あの剣喜んでくれていたんだ。

「で、ここに来たってことは、冒険者ギルドに用事ぃ？　それとも、なんか相談ぅ？」

そう問いかけてくるお兄さんに、私は答える。

「私、今までギルドに入ったことがなくて……身分証を発行してもらいたくて。それと、鍛冶屋を開きたいので、登録が必要ならしときたいなぁって」

「あー……なら、経営者ギルドのほうに登録するといいよー」

お兄さんは気だるげにそう言った。私は、少し戸惑いつつ尋ねる。

「えーと、なんかルールみたいなのは……」

「はい、これがギルドに加入するための条件」

ひらりと渡された紙には、経営者ギルドに登録するための条件なるものがたくさん書かれていた。

簡単にまとめると、こうだ。

1．登録者はギルドに対し、年間売上の一部を献上する。
2．ギルドは登録者の商品や本人に何かあった場合、補償する義務を負う。
3．ギルドは登録者に対し責任を持ち、立場を保証するものとする。
4．登録者同士の揉めごとに対し、ギルドは中立を保ち、必要な場合は裁判する。
5．ギルドからの依頼で遠方の相手との売買が成立した場合、ギルドが責任を持って商品を届ける。

この3の項目があるから、ギルドが発行する身分証明書の効力があるみたい。

ただ、やっぱり保証を得るには、タダとはいかない。

金額を明記せずに年間の売上の一部としているのは、登録者の品が全く売れない時に柔軟に対処するためだろう。ありがたい話だ。

が、逆を言えば、いっぱい売れれば、その分いっぱい取り立てられるってこと。

とはいえ、2に何かあった時は補償してくれると書いてあるから、働けない時の保険代わり……と思えばいいのかな？

その他の条件はそこまで困ることはないだろうから、さっさと登録してしまおう。

まず、名前はメリア。店の方針は鍛冶。店の名前は……何にしよう？

そういや、あのゲームではいつも『casualidad（カスアリダー）』って名前にしてたっけ。

数少ない友人が教えてくれた、偶然って意味のスペイン語。

『不思議な縁（えん）で出会った』って意味もあると教えてくれた。

ここに来たのは神様のミス。

望んだのは私。

本来ならあり得なかった、出会い。そして偶然。

これからの出会いもきっと、不思議な縁（えん）があって繋（つな）がっていくのだろう。

だから、これをお店の名前にしよう。

『casualidad（カスアリダー）』。これが、私のお店の名前。そうと決まれば、紙に書こう。

売りものは剣や防具、あと、鍋や包丁などの日用品。

その他の項目も全てちゃんとチェックして、お兄さんに渡す。

「はーい。ありがとうー」

お兄さんは必要事項がしっかり書かれているか、不備はないかを確認して私を見る。

「うん。ちゃんと書けてるね。じゃあ、身分証、発行してくるよぉー。そういや、君。鍛冶師（かじし）なら、素材はどーするのー？」

「師匠がだいぶ鉱石はくれたので大丈夫なんですけど、魔物の素材は買い取るつもりです。ここで買うことって、できますか？」

あのゲームやファンタジー系のアニメでは、だいたい魔物の素材はギルドで調達していた。だから、この世界でもできるといいんだけど……

「そうかそうかー。もちろん、できるよー」

お兄さんの尻尾が、にょろにょろと動く。

猫が機嫌のいい時……というか、ちょっかいをかける時によくする尻尾の動きだ。

何を言われるんだろう？　と私がドキドキしていると、お兄さんは再び口を開く。

「ならさ、冒険者ギルドにも登録しといたほうがいいよ」

「え？」

「魔物の素材は、大概冒険者ギルド預かりだからねー。気になる素材があるなら冒険者ギルドで依頼を出すか、尋ねたほうがいいケースが多いんだよー。依頼する時は、冒険者ギルドの登録が必要だし、今しておいてもいいんじゃない？」

「は、はぁ」

「それに、冒険者ギルドは経営者ギルドと違って縛りはそんなにないしー、同時に登録しておくとあとで処理するより楽なんだよねぇ」

あ、ラストが本音だ！

んー……一応、冒険者ギルドの条件も見せてもらおうかな？

私がそう言うと、「よしきた！」というようにシュパッと登録用紙と条件を目の前に出される。

さっきまでの億劫な態度が嘘のようだ。

ふむふむ。

保証しないのは命だけ。他のことは依頼者と実行者に一任する。登録者の商品の、品質保証ありかぁ。

確かに年間でかかるお金もなく、登録するだけでいいようだ。

「……なんでこんなに条件が緩いの？」

少し不安になって私が聞くと、お兄さんはにこやかに答える。

「そりゃぁ、小さい子どもとかも登録して、依頼をするからだよぉー」

なんでも、冒険者ギルドに来る依頼には、魔物を狩るなど大変なものだけでなく、簡単な雑用もあるというのだ。

だから、八歳くらいの子どもでも、畑仕事の手伝いや草むしりなどで、お小遣いを稼いでいるらしい。

なら登録してもいいや。こっちの項目もささっと記入。職業は鍛冶師と。

「はい」

「はーい。じゃあー、これに手をのせてー」

差し出されたのは、透明の四角い板……《登録機ー人のステータスを映す》という魔造具らしい。

スマートフォンのようだ……

そこに手をかざすとピカッと光って、その板に、文字が現れる。

「これはねー今の君のステータスを表すものなんだよー」

「ほら見て」とお兄さんが見せてくれた。

名前：メリア　性別：女　年齢：13　職業：鍛冶師
体調：良好
攻撃力：45　防御力：20　速さ：55　器用さ：70

と出ている。

どうやら私の頭の中のステータスと違い、簡易版のようだ。

私は脳内で自分のステータスが見れるんだけど、それだと、ＨＰと称号、使えるスキルまで出てくる。

まあ、あんまり役に立たないので見てないけれど。

「スキルは見れないんですか？」

念のため私が尋ねると、お兄さんは不思議そうな顔をする。

「スキル？　ああ、あれは神様からの贈り物だし、あるなしで優劣をつけるものではないから、基本は見ないよ。だから、確認とかもしないよー。まあ、魔物の討伐とかで他者と組んで作戦立てる時なんかは、聞くこともあるけど。それじゃー、登録!!」

お兄さんはペラペラのカードを取り出すと、スマートフォンみたいな板にのせる。板がまた、ピカッと光った。すると、何も書いてなかったはずのカードに、私の情報が記載されていた。その裏面には、お店の名前などが書かれている。

「これで、登録完了だよー。ところで、ギルドでは商品の買い取りもしているんだけど、今買い取るものはない？」

そうか、ギルドに商品を納品することもできるんだ。私はかばんの中をごそごそ探る。

「ああ、ありますよー。えーと、カッパーソードと、カッパーの鎌、カッパーの……」

「カッパーだけ～？」

お兄さんが若干不服そうな声を出す。私は慌てて答えた。

「村でどんなものが必要なのかわからなかったので、一番簡単に作れるものを持ってきたんです」

「そっかー……わかった。ちょっと鑑定するから待っててねぇー……」

そう言われてしばらく待つと、凄い顔でこちらを見るお兄さんが。

「なにこれ、凄いんだけどー」

「え、普通のカッパーソードですよ？」

私が首を傾げると、お兄さんはブンブン首を横に振る。

「いやいや。普通のカッパーソードは、鉄の剣折れないからね!?」

「え、折れるの？」

「これ、近くの街で売ってる鉄の剣。こっちが君が持ってきたカッパーソードねー。ていっ！」

――ポキッ。

お兄さんが鉄の剣とカッパーソードを合わせると、鉄の剣は小気味よい音を立てて折れた。

カッパーソードのほうは、刃こぼれ一つしていない。

一瞬の沈黙のあと、お兄さんが言う。

「ねぇ、これ、本当にカッパーソード？」

「鑑定（かんてい）してくれたんじゃないんですか？　私が作ったのは、カッパーソード以外の何物でもないです」

もう一度、自分でも鑑定（かんてい）する。

《カッパーソードー丁寧に作られ、通常よりも切れ味がいい。↓攻撃力を数値化しますか？》と出た。

あれ？　攻撃力の数値化なんて項目、あったのか。

心の中でハイと答えると、《攻撃力：53》と出た。

鉄の剣を見ると……《鉄の剣ー大量生産の剣。今は壊れて使えない。攻撃力：42（0）》。

なるほど……と思いながら、私はお兄さんにゆっくり言う。

「……あの、これ、私。凄（すご）く丁寧に丁寧に作ったんです。だから、大量生産の鉄の剣に勝てたんだと思います」

「そう。……まあ、これだけ凄いのなら、きっとすぐ売れるねぇ」

「ありがとうございます。もし、剣を買いたいって方がいたら、依頼は受けますので」

「え、いいのー？」

「はい、林の道をまっすぐ進んだ先に住んでますし、そこで鍛冶屋をするつもりなので。来てもらうか、依頼があれば持ってきますよ」

「ふーん。わかったー。なら、そう皆に伝えておくねー」

「は、はい……」

お兄さんはソードとかを片付けたあと、こちらを見て提案をしてくれた。

「あとさー、今回は間に合わないだろうけど、次から君も市場に店出したらー？」

「え、なんでですか？」

「市場だとー、商人がたくさーん来るの。だからそこで君の商品を商人に見せたら、きっと、買っていくよー？」

鍛冶屋の宣伝にもなるよーと言うお兄さん。

「でも……」

「大丈夫、毎回じゃなくていいからさー」

頭に浮かんだのは、倉庫の中のたくさんの武器。市場に出せば、数が減って整理しやすくなる。

それにお金が稼げれば、魔物の素材が手に入りやすくなって新しい武器をまた作れる。

ここの村は平和だから、あんまり武器は売られてないってジィーオさんは言ってたけど……

でも、市場ってきっとバザーみたいなのだよね。

バザー、出店してみたかったんだよね、うん、やってみよう。

やる気になった私の目を見て、お兄さんは笑う。

「お、やる気になったー？」

「はい」

「じゃあ、紹介状書くから、村長さんに会いに行っておいでー」

「え？」

「市場は、実は村長さんの管轄(かんかつ)なんだよねー」

はい、と手紙を手渡され、村長さんに会いに行くことになりました。

「緊張しなくても、とって食われたりしないからさー」

にまにまと笑うお兄さんに、村長さんの家への道のりを教えてもらう。

ここを出て大通りをまっすぐ行くと、すぐに見える大きいお屋敷だそうだ。

まだ日が暮れるまで時間もあるし、行くかぁ……

教わった通りに歩いていると、道がその屋敷に向かって伸びていることがわかった。

他の家は木造なのに、この屋敷は茶色いレンガで作られている。

さらに、大きな塀で囲まれ、どことなく格差というものを感じてしまう。
ただ、これほどの屋敷だというのに門番はおらず、門の柵は開いている。
一歩足を踏み入れると、私は大きな声で叫んだ。

「すみませーーん!!」

「はぁい？」

「！」

すると、真後ろから返事があった。びっくりして振り向く。
そこには凄い美人なお姉さんがいた。
日本なら、アイドルとかモデルをやっててもおかしくないんじゃないか？　ってくらいの綺麗さだ。

「うふふ。うちに何か御用？」

「あ、あの、私……ギルドから紹介を受けて、市場に今後参加させてもらえないかと……」

あまりに綺麗で、しどろもどろに答える。すると、お姉さんはふふっと笑った。

「あらあら、許可をもらいに来たのね、どうぞ」

そう言うとお姉さんは私の前を歩いて、屋敷へ招いてくれる。ふんわりとした甘い香りがした。
ぽーっと見惚れている間に趣味のいい応接間に通され、フカフカのソファに腰をかけるよう勧められる。

その座り心地に、はっと我に返った。

「ふわぁ。凄い、なにこれー」

昔愛用していた、人をダメにするソファの座り心地に似ている。

「ふふふ。お気に召したの？　今父をお呼びしますから、少しお待ちくださいね」

「すみません、突然お邪魔したのに、こんなおもてなしを……」

「ふふ、いいのよ。こんなに可愛らしいお客さまは初めてだわ」

お姉さんは、ニコニコしながら紅茶を淹れてくれる。お礼を言うと、お姉さんはそのまま部屋から出ていった。

紅茶を一口飲むと、ふんわりと甘いリンゴの蜜の味がした。

しばらく待っているとノック音がしたので、スッと立ち上がって返事をする。

ガチャッと扉が開くのを見て、頭を下げた。

「頭を上げてください」

テノールとバリトンの間くらいの、心地よい低い声がする。

頭を上げると、ここまで案内してくれたお姉さんと、お姉さんによく似たダンディーなおじさんの姿が。おじさんは見るからに村の人とは違う、質のいい服を着ていた。

そして、おじさんに席に座るようスマートに勧められる。

これが、俗に言うイケてるオヤジ、略してイケオジか！

「私はこの村の長を務める、マルク・フォルジャモンという」

「わたくしは、その娘のエレナです」

私が突然来たにもかかわらず、二人はにこやかに対応してくれる。

ちなみに、脳内辞書によると、この世界で苗字を持っているのは、村や町を治める長と貴族、王様のみだ。治めている場所が苗字になっているらしい。

なので、マルクさんがフォルジャモンという苗字を名乗ったってことは、この村はフォルジャモンという名前だということだ。

「それで、君は？」

マルクさんが、私に問いかけてくる。私は背筋を伸ばして答えた。

「私は、メリアと申します。鍛冶師です」

「ふむ。それで、今日いらっしゃったご用件は？」

「はい、この村から林を抜けたところに居を構えたので、ご挨拶に。鍛冶屋を営むためにギルドにて登録をしたところ、宣伝のためにも市場に出店したほうがいいと勧められまして」

「こちらが紹介状です」と差し出すと、マルクさんは「ふむ」と頷きながらそれを受け取った。それからマルクさんは早々に手紙を開き、中を確認する。

そして驚いた様子で、私を見た。

「この手紙には、君の鍛えたカッパーソードが硬い鉄の剣を折ったと書かれている。もしよければ、そのカッパーソードを実際に見せてほしい」

こんな十三歳の少女が作ったソードに、大量生産とはいえプロの作った鉄の剣が負けたことが信じられない様子だ。

「わかりました。どうぞ」

百聞は一見にしかずって言葉もあるしね。私はアイテムボックスからカッパーソードを取り出すと、マルクさんに渡す。

「……軽いな。そして、なんという……美しい切っ先だ」

マルクさんはその軽さに驚いたあと、刃の美しさに引き込まれたようだ。

そして懐から紙を一枚取り出し、その刃先に這うように滑らせる。すると、まるでチーズのようにスルリと紙が切れ、音も立てずに床に落ちた。

それを見て、マルクさんは大きく頷く。

「質のよさはわかった。これならば、安心して市場に出すことを許可しよう」

私はホッとしながらも、一つ気になって口を開く。

「製作した量によるので、毎回出店できるかわからないのですが……」

「大丈夫だ。ギルドの受付で、一ヶ月前に市場への出店の有無を確認している。君もそのように」

「わかりました」

カッパーソードは、お近づきの印と美味しい紅茶のお礼に受け取ってほしいと伝えると、マルクさんは嬉しそうにもらってくれた。

そして、マルクさんにギルドの身分証を出すように言われる。

それを差し出すと、マルクさんは判子のような魔造具（まぞうぐ）を身分証に押し「フォルジャモン村、長（おさ）として市での出店を認める」と呟（つぶや）いた。すると、身分証が煌（きらめ）く。

身分証を返してもらうと、それには小さく「フォルジャモン村：市場出店許可有」と記載されている。

これが、許可証になるようだ。

用事を終えたので、私はいそいそと立ち上がる。

「それでは、失礼させていただこうと思います」

「ああ、メリアくん。私はこれほどいい剣を見たのは初めてだ。君の作品がとても気に入った。また別の作品ができたら、是非教えてくれないか？」

「あ、ありがとうございます。頑張ります」

「うむ」

マルクさんは新作ができたら買ってくれるというのだ。

誰かに認められるのは、素直に嬉しい！

「ねぇ、小さな鍛冶師（かじし）さん」

それまで黙って話を聞いていたエレナさんが、私に声をかけてきた。

「はい？」

「あなたのところには、武器しかないのかしら？」

「いえ、包丁やフライパンなど、調理器具も作りますよ」

そう言うと、エレナさんはキラキラと目を輝かせた。

「まぁ！　本当に？」

「はい」

「嬉しいわぁ！　わたくし料理が趣味なのだけど、今使っているものは随分古くなってしまって困っていたのよ」

使っているものにもよるが、金属製の調理器具はなかなか悪くならないはずだ。

私がそう考えているのがわかったのだろう。エレナさんは恥ずかしそうに、「お料理を焦がしてしまって……」と小さな声で教えてくれた。

なるほど。それならと、カッパーのフライパンを差し出す。

「まぁ！」

と、エレナさんは感嘆してそれを受け取る。

そして穴があきそうなほど観察したあと、にっこりと微笑んだ。

「今の鉄のフライパンより、ずっと軽くて持ちやすい。これ、買わせていただくわ。おいくら？」

「えーと……いくらなら買っていただけますか？」

こっちの物価、よくわかってないんだよなぁ。

エレナさんは少し考えてから、口を開いた。

「そうですわね……。通常よりもいいものですし、20000Bでいいかしら？」

「え、それは高いんじゃないですか!?　いやいや、これからお近づきになれたら嬉しいですし……そうですね、半額の10000Bでどうでしょうか？」

「あら、技術の安売りをしてはダメよ？　わたくしは、これを価値があるものだと思うもの」

エレナさんの言葉に、マルクさんも頷く。

「そうだな。謙遜（けんそん）も度が過ぎると、馬鹿にされたように思えてしまうよ。君の作るものはいいものなのだから、ちゃんとした値で売るべきだ」

「……ありがとうございます」

結局20000Bで、エレナさんはフライパンを購入してくれた。

そして、「また遊びに来てね」と玄関先で見送りまでしてくれたのだった。

メリアが去った、マルク・フォルジャモンの屋敷で。
エレナは、ゆっくりと口を開いた。

「……ねぇ、お父様」

「可愛かったな」

間髪容れずに返された父の言葉に、エレナはにっこりと頷く。

「ええ。あのソファに初めて座った時なんて、とろけるような笑顔を見せてくれてね。とーっても、可愛かったのよ」

そう告げるエレナを、マルクは羨ましそうに見つめる。

実はこの親子、似た者同士で小さくて可愛いものが大好き。

今日訪ねてきたメリアは、まさにそれに当てはまるのだ。

しっかりとして、礼儀正しい。それなのに、小動物的な可愛らしさもある。

メリアがソードを出す直前まで、二人は愛玩動物のように彼女を見ていたのだ。

そしてその実力を知り、技術を本人が軽んじているのを見たあと。悪いやつに騙されないように、この笑顔を守らなくてはという感情が、二人に芽生えていたのだった。

「今度は用事がなくても、来てくれるといいのだけど」

仲良くなって、「エレナお姉ちゃん、好き～」と抱きついてくれたら最高！　と、自分の妄想に酔いしれるエレナ。

一方で、マルクは「まだ十三歳なら、養子縁組は可能か？　お義父さんと呼ばれたい……」と考えていることなど、当の本人は知る由もない。

第四章　不思議な声と小さな蛇

マルクさんの許可を得て、次の市場に参加することになりました。

家の在庫は減らせるし、どんどん作ろう!!　と喜びながらスキップでギルドに戻った。

そして、猫耳のお兄さんに事の次第を伝える。すると、お兄さんは含みのある笑みを浮かべた。

「ふーん。そっか。村長さん、喜んでたでしょー？」

「？　喜んでたかは知りませんが、突然行ったのに優しく受け入れてくれましたよ。エレナさんには、美味しいお茶をいただきました」

「そうなんだー。あ、僕、ジャンっていうんだ。これからよろしくねー。あとさ、さっき聞き忘れてたんだけど、投げナイフみたいなのってないかな？」

「投げナイフ……ですか？」

「うん」

なんでもジャンさんは暗器の使い手らしく、昔はそれなりに有名な冒険者だったらしい。

しかし、ある日無茶をしてしまい、冒険者を引退せざるを得なくなった。

その時ここの村長さんに助けられて、このギルドの受付になったそうだ。

ここは平和だけど、全く魔物や盗賊が出ないわけではない。

いい武器を作ってくれそうな鍛冶師が来たから、これを機に自分の得物を変えようと思い、今こうして話しかけてきたというわけだ。

「そうですねー……」

実は投げナイフや、手裏剣や苦無、チャクラムといった投擲武器は、鉱石をあまり使わないし、経験を積むのにちょうどよかったので、結構いろいろ作ってたりする。

なので、持ってきていたそれらを、かばんの中を探すフリをして、アイテムボックスから取り出した。

それを見たジャンさんは驚き、羨ましそうな顔で「マジックバッグかぁ、いいなぁ」と呟いた。

あえてそれを無視して、受付のカウンターに武器を全て並べる。そして腰に手を当てて「どうだっ！」と自信満々で見せた。

「おぉー……触っていいかい？」

「ええ、もちろんです」

私から許可を得たジャンさんは、真剣な眼差しで短剣を一本一本手に取っては、素振りをして空を斬り裂く。彼は手裏剣やチャクラムを見て首を傾げた。

「これは？」

「投げナイフって言ってたから、投擲武器を並べてみたんです。今ジャンさんが手にとっているの

は、手裏剣というものです。殺傷能力は低いので、あくまで牽制するくらいしか期待できませんが、素人でも投げやすいのが特徴です」

「へえー」

私がそう言うと、ジャンさんは試すように入り口のほうへ投げた。

ザンッと音がして、手裏剣は扉の近くにある柱に刺さる。

その時だ。誰かがギルドの中に入ってきたのは……

「〜〜〜っ!?」

よく見ると、入ってきたのはジィーオさんだった。

ジィーオさんは真横に刺さった手裏剣を見て、声にならない悲鳴を上げる。

そして、投げた体勢のままだったジャンさんと、カウンターの上の手裏剣を見て状況に気づいたのだろう。抗議し始めた。

「お、おま、俺、当たっ、どうすっ」

だがまだ驚いているのか、ちゃんと話すことができていない。

おそらく「お前、俺に当たってたら、どうするつもりだ」って言いたいのかな?

そんなジィーオさんに対して、ジャンさんは素知らぬ顔で「ごめんごめん」と軽く謝罪した。

全く悪いと思っていないジャンさんにジィーオさんはムカついた様子だったが、私がいることに気づいたからか、諦めたようにため息を一つついた。

それから、武器の形が独特なことに気づいたようで、「これは？」と尋ねた。

私はジャンさんにしたのと同じ説明を、再度ジィーオさんにもする。

「確かに変わった形だけど、投げやすいね」

ジャンさんは手裏剣を気に入ったのか、それを弄びながらニンマリと笑う。

ジィーオさんはそれをチラリと見たあと、また並べられた武器をじっくりと眺めた。

「こっちの外側に刃がある丸いのが、チャクラムだったな？」

「はい。これは手裏剣よりも殺傷能力は高いですが、扱いが少し難しいです」

実践してみろと言われても、私には絶対できないやつだ。

漫画やアニメのキャラが余裕な顔でチャクラムをくるくる回しているのを見たことがあるから、説明はできるけどね。

ジャンさんは手裏剣をいじりながらも、しっかり説明は聞いていたようだ。少しだけ悩んでから、口を開いた。

「話を聞いてると、手裏剣が便利そうだねー。これをもらうよ。苦無も悩むけれど、僕は短剣のほうが扱いやすいから、短剣がいいかなー」

「はい、わかりました」

どうぞと差し出すと、ジャンさんは「いくら？」と尋ねてきた。

「いやいや、これからお世話になりますし、今回はタダでいいですよ？」

「本当？　やったー」

ジャンさんがそのまま受け取ろうとした、その時。ゴンッと鈍い音がする。

呆れ顔のジィーオさんが、ジャンさんの頭を拳骨で殴ったようだ。そして、ため息をつきながら言う。

「ばかたれ。のうのうと受け取んな。メリアも、技術の安売りをしてんじゃねぇよ」

「え、そんなつもりじゃなかったんですけど……」

「こいつはギルドの職員だから、金は持ってるんだ。ちゃんと代金は受けとれ」

ジィーオさんは厳しい顔で、ジャンさんの猫耳をひっぱりながら言う。

「あいたたー。酷いなー、ジィーオ。いいじゃない、タダでくれるって言ってるんだしー」

「お前がそうやって受け取ったら、今後こいつは初めて会う人にはタダでものを譲るようになっちまう。不正取引はしないよう、声をかけるのがお前の仕事だろ。……まあ、俺もカッパーソード、受け取っちまったけどな」

ジィーオさんの言葉にハッとした。

確かに私はこの村に来てから、金銭のやり取りをしたのはエレナさんのフライパンだけだ。

ジィーオさんが少しバツの悪そうな顔をしたことに気づいたのか、ジャンさんが頬を膨らませる。

「ぶーぶー。自分ばっかり得してさー。まあ、確かにそうなんだけどねー。わかったよ」

ジャンさんは、お金を払ってくれることにしたらしい。

「あの、ジィーオさん、ありがとう」

「別に。だがな、お前が新参者だからって、なんでもかんでも譲ったらダメだ。他の連中の食いものにされちまうからな！」

「は、はい」

私が素直に頷いたからか、ジィーオさんはニカッと笑って、私の頭を撫でてくれた。

前世を含め、こんな風に撫でられるのは久しぶりだ。なんとなく嬉しくなった。

「じゃあ、そうだなー。手裏剣は珍しいし、一個4000Bー。短剣は20000Bでどうー？」

ジャンさんが希望の金額を言うと、ジィーオさんは眉を顰める。

「手裏剣の値段、安くないか？」

「牽制用途で、ほぼ使い捨てだからねー。再利用もしづらいのを考えたらーそれくらいが妥当かなって」

ジャンさんの考えを聞いたら、ジィーオさんも納得したようだ。大きく頷いて、私を見る。

「なるほどな。メリア、それでいいか？」

二人が話してるのを聞いて、思わず、「は、はい！」と返事してしまった。

「商談成立ー！」と、ジャンさんがお金を支払ってくれる。

私は他のものをアイテムボックスに入れて、しばらく二人と話をした。

すると、夕の鐘が鳴り響く。

「もう、夕の刻かぁー。時間が経つの、早いねぇ」

ジャンさんがそう言うと、ジィーオさんがハッとしたように尋ねてきた。

「おい、メリア。お前さん、今日はどうするんだ？」

「今日と明日は宿に泊まって、市場に参加して食材を買ったら帰るつもりです」

「そうか。なら、もう宿に戻ったほうがいいな。向かいとはいえ、夕食を食べ損ねるぞ」

ジィーオさんの一言に、私はそうだった！　と慌てる。

「あー!!　夕の鐘のあと、日暮れになったら夕食が終わっちゃうんだった！　それじゃあ、失礼します。また会いましょうね！」

「おう、またな！」

「慌ただしいねぇー」

挨拶もそこそこに、「夕食～」と言いながらパタパタ走り去る私を、二人は見送ってくれた。

私は無事に間に合い、宿の食事にありつくことができた。

夕食のメニューは昼間のお礼なのか、他の宿泊者とは違い、厚めのローストビーフにサラダ、そしてパンという贅沢な代物。

美味しい料理に舌鼓を打っていると、宿の受付をしていた女性が話しかけてきた。ミィナちゃんのお母さんだ。

「メリアちゃん、聞いたわよ。あの人の包丁、研いでくれたんですってね。ありがとうね」

「いえ、こちらこそ、こんなに美味しい食事をいただいてありがとうございます。えっと……ミィナちゃんのお母さん？」

どう呼ぼうか悩んでいると、それを察してくれたのか、ミィナちゃんのお母さんは微笑みながら言う。

「ああ、ごめんなさい。あたしはマーベラ。包丁を研いでもらったのはヴォーグっていって、あたしの旦那さん。あの人、ミィナと関わる時間ができたって本当に喜んでたから、これくらい安いものよ。あの包丁、いよいよダメになってきたから、ギルドで新しいものを注文して今度の市場に持ってきてもらおうかって相談してたところでねぇ……本当に助かったわ」

なるほど。ほしいものがあったらギルドで注文すれば、それを扱う商人が市場に来てくれるのか。

まあ、とにかくミィナちゃんも喜んでくれたようで、何よりだ。私もこんなふうに言ってもらえるなら、大歓迎！

その後、マーベラさんは他の客に呼ばれて行ってしまい、私はそのまま食事を楽しんだ。

「あー美味しかった！」

食事を終え、宿の部屋に行く。そしてベッドにジャンプして大の字で寝転がった。

そして、ふと部屋の鍵を見る。

ごくごく普通の木片で、裏表に白い塗料が塗られている。

表には、この部屋の番号が書かれており、裏には不思議な模様が描かれていた。

なんの模様なんだろう……？

うーんと首を傾げていると、ノックの音がした。

「サービスのお湯だよー」

ミィナちゃんが、タライにお湯を入れて持ってきてくれたようだ。

「はぁい」

どうやらお風呂はこの世界では贅沢品で、一般家庭ではタライのお湯にタオルをつけて拭くのが主流らしい。

家にはお風呂があってよかったーと思いつつ、お湯を受け取る。

ミィナちゃんが出ていってから、部屋の扉にも塗料が塗られていることに気がついた。

すぐに脳内の辞書が働き、その理由を教えてくれる。

曰く、この塗料は魔法インクで、描かれているのは結界の魔法陣。部屋と鍵に描かれた二つをくっつけると重なり、鍵がかかる仕組みのようだ。

試しに鍵を扉に近づけると、まるで磁石のようにピタリとくっついた。

そのまま部屋の扉を普通に開けようとするが、開かない。どうやら、この魔法陣の結界が機能しているみたい。

「おーおー凄い。さすがは異世界」

この結界に使用されている塗料は空気中の魔力を吸い取ることで維持されており、半永久的に効果が続くため、扉の鍵として一般的に使われているらしい。

そして、発動時にほんのわずかだけど使用者の魔力を吸うため、使用者の意思で外(はず)さない限り結界を張り続けることができる。

そうなると宿に立てこもる人がいそうな気もするが、そういう場合は、扉の塗料(とりょう)に魔法陣を描いた人の魔力を流すと、使用者の魔力は効果を失うらしい。だから、立てこもることは不可能なようだ。

私はへぇーと思いながら服を脱ぎ、持ってきてくれたタオルをタライのお湯に浸(ひた)して、身体を拭(ふ)く。

「ふぅ……」

一ヶ月、誰とも会わずに暮らしていた上に、鍛冶(かじ)以外の環境が前の世界とそこまで変わっていないので、ここが異世界だという実感はあまりなかった。

でも、道中の魔物やギルドの存在、村の様子を見ると、やはり違うのだと今更ながら気づく。

「やっていけるのかな……」

いや、やっていけるかどうかではない。ここで生活するのだから、適応していかないといけないのだ。

プルプルと首を横に振り、これからのことを考える。

この村には、いい人が多い。こんな小娘に、ちゃんとした対応をしてくれる。

……にしても、魔物はどうしよう？

自分で倒したいとは思えない。あの時を思い出すと、まだ手に感触が残っているようだ。

小説や漫画のように、自分を守ってくれる護衛を雇う方法もあるけれど……

それをするには、あの家の秘密はデカすぎる。

あの家の中には、前の世界と同じ道具や電化製品のようなものが、わんさかあるのだ。

今の世界の人たちに、見せるわけにはいかない。

鍛冶場だけなら見せられるが、とてもじゃないが一緒に住むことは考えられない。

脳内辞書によると、人を招くための、この世界の技術水準に合わせたダミーの部屋は用意されてるらしい。

でも、私があの環境に慣れちゃってるから、耐えられるかわかんないしなー。

だいたい、魔物ってなんなんだろう。脳内の説明だけじゃ理解できない！

——人を襲う、動物のようで動物じゃないモノ。

——アレは意思を持たない。

——アレは穢れた大地より生み出されしモノ。

——故に魂を持たない。

突然、頭の中に聞いたことのない声が流れた。

え、誰？

私が考えたことや疑問に思ったことは、脳内辞書が教えてくれる。それはわかっている。

けれど、今のは……違う。

脳内に直接響く声。澄んだ水が染み渡るように入ってくる。

——私はこの地方を守る者。水を守護する者……

——神よりあなたの疑に答えるよう、指示を受けた。

——あなたにこれを託す。

脳内の声が、プツリと途切れる。

そのあとピチョンと音がして、タライを見た。水を張ったままのタライが、波紋を描く。

その中心から出てきたのは、幼い白い蛇だった。それは、赤い目で私を見つめる。

ちなみに、私は爬虫類が苦手ではない。むしろ、可愛いとさえ思うけれど……いったいこの子は？

——あなたを守る剣とも盾ともなるだろう。

そう言い残すと、謎の声は消えた。蛇はじーっと、動かない。

「神様から贈られた、護衛の手段ってことでいいのかな？」

と言うと、蛇は首を上下に動かした。

「これから一緒にいるのに、名前がないのは不便だよね……」

その蛇はどこか嬉しそうな、ワクワクした瞳でこちらを見ている気がした。

なんだ、この子。めっちゃ賢い。私が言ってることがわかってるみたい。

さて、名前は何がいいだろう？

白い肌に赤い目……アルビノみたいだけど、こっちの世界では普通なのかな？

白い肌はパールのようだし、赤い目はルビーみたいで、とっても可愛い。

決めた。フローライトにしよう。日本語では、蛍石という意味。

なぜだろう、この子を見ているとその言葉が頭に浮かんだ。

「フローライト」

――それが僕の名前？

脳内に子どものような、可愛らしく無邪気な声が響く。

「この声は……君なの？」

――うん！　僕はまだ幼いから、ちゃんとお話しするには契約が必要なの。

「契約……？」

――そう。名前をつけてくれたから、契約成立だよ。だから、お話できるの。

なるほど、と私は頷いて、にっこりと話しかける。

「フローライト。長いから、普段はフローと呼ぶね」

――うん！　ご主人様、よろしくね。

「こちらこそ、よろしくね」

この地を守るってことは、守護獣みたいな感じなのだろうか？

しかし、あの神様、護衛がほしいと思っていたら、タイムリーに送り込んできたな。

私の様子でも見てるとか？

いや、まさかね。

「さて、フロー。あなたと出会えてとっても嬉しいけど、今日は夜も遅いし、寝よっか」

――うん!!

フローをタライから出し、タオルで水気を拭いて私の枕の横に置いてあげる。

フローはトグロを巻くと、すぐにスースーと寝息を立て始めた。

それを見ながら、私も目を閉じて眠りにつく。

こうして、私の初めての村での一日が終わった。

第五章　研ぎ師じゃない、鍛冶師なんですけど！

朝日が差し込み、鐘の音が鳴り響く。朝の鐘のようだ。

目を開けると、そこはいつもの私の部屋ではなかった。

あーそうだ。昨日は村の宿に泊まったんだった。

起き上がり枕元を見ると、フローはまだトグロを巻いて眠っていた。

身支度を済ますとフローも起きたようで、口を大きく開けて欠伸をしていた。

「おはよう」

――おはよう、ご主人様。

フローの愛らしい姿に目を細めていると、ふと疑問が過る。

「ねえ。フローは、どうしてこの部屋に来られたの？　鍵代わりに結界が張られているはずだけど……」

――僕はこの地の守護をしているから、自由に動ける。それに、水の中は別次元。地上とは異なる移動方法が使える！

若干釈然としないけど、まあ、異世界不思議議事情ってことだろう。

さて。朝食を食べるために、ホールに行きたいんだけど……他の人をびっくりさせたらダメだから、とりあえず腕に巻きついてもらおうかな？

そう伝えると、フローは腕輪のように腕に巻きついてくれた。

そして、こちらを見て首を傾げる。

――これでいい？

幼さが残る仕草が、とても可愛らしい。

ばっちりだとフローに告げると、機嫌よく微笑んでくれた。

それから私たちは、朝食をとりに一階へ下りる。

他の宿泊者も既に朝食をとっているようで、結構席が埋まっていた。

「おはようございます」

私は忙しそうにしている、ミィナちゃんとマーベラさんに声をかける。

「おはよう、お姉ちゃん」

「おはよう、よく眠れたかしら？」

「はい、凄くよく眠れました」

挨拶を返してくれた二人にそう答えてから、私は空いている席に座る。マーベラさんがすぐに朝食を持ってきてくれた。

蒸し鶏のサラダと、具だくさんのスープ、それにサクッとした食感の少し焼いたパン。

サラダには酸味のあるドレッシングがかけられており、パンとの相性がバッチリだ。

フローが興味津々で見ていたので、こそっと蒸し鶏をあげると、喜んで食べていた。

全て食べ終えて、一息つく。

今日はどうしようかなーと思っていると、マーベラさんが申し訳なさそうに近づいてきた。

「メリアちゃん、ごめんなさい」

「え、どうしました？」

「昨日、うちの人の包丁を綺麗に研いでくれたでしょ？　それを村の人に話したら……」

マーベラさんのすぐ後ろには、十人くらいの女の人が、それぞれ包丁を持って立っていた。その包丁は、全て刃こぼれしている。

ちょっと殺気立っているので冷や汗が出るけど、彼女たちの用事はわかった。

「その包丁じゃ、切りにくいですもんね。研ぎますよ。マーベラさん、どこか場所をお借りできますか？」

そう言うと、集まっていた人たちは口々にお礼を述べてくれる。

「いやー助かるわ、腕のいい研ぎ師が来るのは何年ぶりかしら。ありがとうね」

「嬉しいわ。もう、お肉が切れなくてイライラしなくていいのね！」

「お料理、億劫でしたの……」

感謝の言葉よりも、包丁の使いづらさに対する不満が多いようだけれども。

とりあえず、時間がかかることを伝え、順番を決めてもらう。

その中の一人に、「包丁の研ぎ代はおいくら?」と尋ねられた。

「お近づきの印に、今回は無料でいいですよ。ところで、私、研ぎ師じゃなくて鍛冶師なんです。この村を出てすぐ、そこの林を抜けた場所に鍛冶屋を開くつもりなので、是非来てくださいね」

さっき、研ぎ師って言われたの、聞こえてたからね。

職業大事。私は鍛冶師。

そして、宣伝もちゃんとしないとね。お店を開いても、閑古鳥が鳴いていたら悲しいもの。

そんな私の主張を聞いたあと一瞬の間があり、皆一斉に笑った。

「わかったよ、小さな鍛冶師さん」

「よろしくね。時間ができたらきっと訪ねるわ」

「はい！　任せてください!!　新品より切れるようにしますよー！」

「楽しみにしてるわ」

皆が喜んでくれたので、私も気合いを入れる。

マーベラさんは、「こうなったのは、自分が話したせいだから」と、昨日と同じ場所を貸してくれて、水を張ったタライを準備してくれた。

「ごめんなさいね。今日のお昼もタダでいいわ」

マーベラさんはそう言ってくれるけど、私はブンブン首を横に振った。

「いえいえ。それはダメですよ！　ここのご飯、美味しいんですから！　毎回申し訳ないです」

「でもねぇ」

申し訳なさそうな顔のままのマーベラさんに、近所の奥様方が声をかける。

「それなら、その子の今日のお昼代は、私たちが払うわよ」

「そうよ、無料というのも悪いもの」

と、いうことで、一人100Bずつ支払ってくれることになった。

「新しい包丁を買ったり、今の状態で調理を続けたりすることを考えれば、安いものよ」

一人の奥様がそう言ってくれたので、私もホッと胸を撫で下ろす。

さて、早速始めよう。

その前に、腕に巻きついたままだとフローを振り回してしまうので、首に移動してもらう。

私が包丁をシャカシャカとリズミカルに研いでいるのを見て興味を持ったのか、フローも一緒に首を上下に動かしている。

まるで踊っているみたいで可愛い。小さい声でフローに聞く。

「フロー、暇じゃない？　暇ならお部屋で寝っててもいいよ？」

——楽しいよ？　これ、喜んでる。

「これって、包丁？」

——そうだよ。これ、『また働ける、嬉しい』って言ってる。

フローの言葉に、私は目を見開いた。

「ものが言ってることがわかるの？」

——感じる。フロー、もののこと、わかる！

「そうなんだ……。この包丁、大事にされているんだね。じゃあ、もう少し、付き合ってね」

——うん！

どれだけ多くても、丁寧に。

包丁はどれもボロボロだけど、大事に使われているんだなぁって私にもわかる。

それと同時に、包丁がこれだけボロボロだということは、鍋やフライパンはどれくらいボロボロなのだろう？　という疑問が湧いた。

ちらりと、キッチンで昼食を作っているヴォーグさんに目を遣ると、鉄のフライパンの底が薄くなっているように見える。

今まで武器や防具ばかり作っていたけれど、帰ったら調理道具をたくさん作ろうと心のメモに書き込んでおく。

そしてひたすら働き続け、八本の包丁をようやく研ぎ終わった。

キリがいいのでご飯にしようと、んーと背伸びをする。

ずっと同じ体勢でやっていたからか、バキボキと音が鳴った。

せっかく立ち上がったからと少し体操をしていたら、宿の入り口からチリンチリンと音がする。

食事の時間には少し遅いのに、と扉のほうを見ると、昨日会ったエレナさんだった。彼女は布を巻いた何かを持っている。

そして、キョロキョロと辺りを見回し、私を見つけるとにっこり微笑んで駆け寄ってきた。

「こんにちは、鍛冶師さん。わたくしの包丁も頼めるかしら？」

「はい、もちろんです。でも……」

ご飯を食べてからでいいですか？　と聞こうとした瞬間、お腹がキュルーーと切ない声を上げる。

その音が聞こえたのだろう、エレナさんはうふふと笑った。

そして持ってきた包丁を、まだ研ぎ終わっていない他の人のものと一緒に置く。

「ご飯のあとでいいの。他の方のものを優先してくれて大丈夫だから、終わったら家まで届けてもらっていいかしら？　家で用事があるの」

エレナさんが申し訳なさそうに言うので、私は快く受け入れた。

エレナさんはホッとしたように「よろしくね」と言って去っていった。

私はそれを見送って、『猫の目亭』のホールへ向かう。

ようやく食べられる……。今日は遅めのお昼。

デミグラスソースがかかったふわふわオムレツ。

パンは雑穀フランスパン。スープはポタージュ。もちろん、ミィナちゃんのお勧めを注文した。

デミグラスソースは赤ワインが隠し味で入っているのか、風味がいい。

オムレツは中はトロトロの半熟で、バターと塩胡椒が抜群に合っている。

パンにスープをかけたり、オムレツを食べたりとスプーンが止まらない。

その途中で、デミグラスソースのかかっていないオムレツをフローに分け与える。

蛇は消化がゆっくりで、一度食べると一週間は食べないというが、フローは消化が速いのか、ぱくぱくと呑み込んでいた。

お昼を終え、残りの包丁を研いでいく。

出来上がった包丁は、作業した順番に並べてある。

全部できたら、マーベラさんが奥様方に取りに来るよう伝えてくれるというので、安心だ。

昼の半の鐘が鳴ってしばらく経った頃、ようやく全ての包丁を研ぐことができた。

カウンターの中にいたマーベラさんを呼ぶ。すると、マーベラさんは眉を下げて言った。

「本当にごめんなさいねぇ」

「いえいえ、市場は明日ですし、今日は何をしようか悩んでいたので、ちょうどよかったです」

私がそう伝えると、マーベラさんはホッとしたようだ。

「そう言ってくれると助かるわ」

「じゃあ、私はエレナさんに包丁を渡しに行ってきますね」

「わかったわ。いってらっしゃい」

昨日と同じ道をたどって、すぐにマルクさんの家に着く。

昨日は気づかなかったけど、ドアノッカーがあった。小鳥の形をしていて、円の握る部分は、枝のような装飾がされている。どことなく可愛らしい。

ノッカーで合図して、「メリアです。包丁をお持ちしました」と伝える。

しばらくしてからギィと扉が開き、中からエレナさんが出てきた。

「ごめんなさい。ありがとう」

「いえいえ」

「どうぞ中に入って。よかったら一緒にお茶をしましょう」

と、エレナさんは招いてくれる。

「でも、用事があったんじゃ？」

「ちょうど終わったところなの。それとも、わたくしと一緒じゃ嫌かしら？」

うるりと涙目になるエレナさん。

思わず「まさか！　そんなことないです」と言うと、エレナさんはコロリと表情を変えて微笑んだ。

「嬉しいわ！　美味しいお茶を淹れるわね」

エレナさんはそう言うと、私を家の中へと案内した。

え、もしかしてウソ泣きだった……？　私、騙された？

でも、嬉しそうなエレナさんを見ると断りづらい。

こうして私は昨日のソファに座ることになった。

エレナさんはお茶とクッキーのような焼き菓子をテーブルに置くと、私の向かいに座ってお喋りを始める。

「今日、村を散歩していたら、村の人がメリアちゃんはとても腕のいい研ぎ師だって話していてね。わたくしの包丁も頼みたいわって思ったの」

「ああ、そうだったんですね。昨日、やればよかったですねぇ。そして、私は研ぎ師じゃなくて鍛冶師です」

少しむくれながらそう言うと、エレナさんはハッとしたように口に手を当てる。

「あら、ごめんなさい。でも、こうして今日もメリアちゃんに会えたし、お茶も一緒にできたから、逆によかったわ」

「あはは。私でよければいつでもお茶しますよー。暇人なので」

「まあ、嬉しいわ。いつでも訪ねに来てくださいな。美味しいお菓子を用意しておきますわ。むしろ、わたくしを姉だと思って仲良くしてくれると、とっても、とーっても嬉しいわ」

エレナさんはニコニコと話してくれる。好意を持たれていると、すぐにわかった。

「そう言ってもらえると、光栄です。でも、姉はちょっと……」

私がそう断ると、エレナさんは残念そうな顔をした。少しだけ申し訳ない。

何はともあれ、とても人懐っこくて、一緒にいて楽しい人だ。

エレナさんはかなり話し上手で、いろんな話をしてくれた。

美味しいご飯、明日の市場のこと、この村の人たちがどれほど優しいのか、などなど。

そうしていると夕の鐘が鳴って、和やかなお茶の時間は終わりを告げた。随分長居をしてしまったようだ。

夕食までに帰らなければ、と私はソファから立ち上がる。

「楽しい時間をありがとうございました」

「いいのよ。わたくしもとっても楽しかったわ」

微笑むエレナさんに見送ってもらい、私はマルクさんの家を出た。

宿に戻ると、マーベラさんが迎えてくれる。

「本当にごめんね。今日は、特別に美味しいデザートもつけておくから」

「いえいえ、大丈夫ですよ。でも、甘いものは大好きなので、嬉しいです」

マーベラさんの言葉を聞いて、ワクワクしながらテーブルに着く。

夕食はキノコとクルミのスパゲティー、具だくさんスープ、そしてレモンクリームのパイだった。

どれもこれも美味しいのだけれど、さすがに疲れてしまった。食事の途中なのにうとうとと船を漕いでしまう。

そんな私を見て、ミィナちゃんが「早く寝たほうがいいよ」と言ってくれた。

マーベラさんも困ったような、申し訳なさそうな顔をして、口を開く。

「ご飯は部屋に持っていってもいいから、少し横になったら？」

私はそのご厚意に甘えることにした。

睡魔と戦いながら部屋に着くなり、私はベッドに倒れ込んだ。

そして、早々に眠りについたのだった。

第六章　待ちに待った市場と迷子の眷属

朝の鐘が鳴り、窓の外からガヤガヤと声がするのに気づいて目が覚めた。

今日は市場の日だ!!

カーテンを開けてみると、家々の前に露店がいくつも並んでいる。

まるで、海外の映画で見たマーケットみたいだ。

楽しみになりながら、まずは腹ごしらえをしようと、フローを手に巻きつけ朝食を食べる。

今日のご飯も美味しいです。

ちなみに昨日のご飯は、こっそり別の容器に入れ替えてアイテムボックスにしまい、お皿は朝食のものと一緒に返しておいた。

アイテムボックスに入れておけば、食品は腐らないのだ。

ミィナちゃんとマーベラさん曰く、市場には軽食もあるらしいので、美味しそうなものがあったら保存しておこう。

市場は朝の半の鐘から始まるとのことなので、一度部屋に戻り、ゆっくりして過ごす。荷物は全部アイテムボックスに入ってるしね。

時間が近づいてきたので鍵をカウンターに返しに行くと、ミィナちゃんも、マーベラさんも、ヴォーグさんも皆揃ってお見送りしてくれた。

「また、食事においでね」

「はい！　お世話になりました。また来ます!!」

私がマーベラさんに言うと、ミィナちゃんは元気に挨拶してくれる。

「またね、お姉ちゃん」

「うん、またね」

「助かった」

ヴォーグさんも、言葉少なだけど喜んでくれてるみたい。私は満面の笑みで答える。

「私も、美味しい食事で満足しました！」

ミィナちゃんとは、この二日間でかなり仲良くなったと思う。

家のお手伝いをしているミィナちゃんには自由な時間はあまりなかったけど、隙間時間にたくさんお話をして、お勧めのメニューも教えてくれて、とても楽しい時間を過ごせた。

結局二日ともお昼代を払わなかったなぁと一人思いながら、市場が始まるのを待つ。

もうほとんどの露店が展示を完成させており、軽食店からは美味しそうな匂いが漂っていた。

そんな風景にワクワクする。

朝の半の鐘が鳴ると、露店の商人たちは自分のところにお客を集めようと、声を張り上げ始めた。

家々から村人も出てきて、どんどん賑（にぎ）やかになっていく。私は端のお店から見ていくことにした。

今日買うのは、野菜と肉。

それから、帰りに使える乗り物があれば、最高なんだけどなぁ。

最初に見たお店は、アクセサリー屋さんだった。

木製のブレスレットや、木彫（きぼ）りのペンダントが並んでいる。

次のお店は壺屋（つぼや）のようだ。

素朴（そぼく）な素焼（すや）きのものから、凝（こ）った柄（がら）のものなど、大小の壺（つぼ）がたくさんある。

お目当てのお肉屋は四つ目の露店（ろてん）だった。

生きている鶏（にわとり）が広いカゴの中で元気に動き回っている。

豚肉や牛肉は、燻製（くんせい）のハムやベーコンに加工されていた。生肉は日持ちしないため、ないようだ。

じーっと品物を見ていたからだろう、店のおじさんが話しかけてきた。

「いらっしゃい。ねーちゃん、何にするんだい」

「えーと、とりあえず、ハムとベーコンをこのまま一個丸ごとください」

私が指さしたのは、二キログラムは超えてるだろうショルダーハムと、四キログラムくらいの大きなベーコンだ。毎回市場に来れるわけじゃないので、大量買いしておこう。

それを聞いたおじさんは驚きつつ、心配そうに尋ねる。

「ねーちゃん、売るのはいいけど、支払いは大丈夫なのかい？　それに、持って帰れるかい？　重いぞ？」

「あ、はい、大丈夫です。あと、この鶏って選べるんですか？」

「もちろん。こいつらは丸々買ってもらったあと、処理はこっちでやって渡すんだよ」

「そうなんですか。じゃあ、うーん……どの子にしようかな」

――ねぇご主人様。僕とおんなじ子がいるよ！

鶏を見つめて悩んでいると、フローが声をかけてきた。

おんなじ子？　どういうことだろう？

――ねぇ、いるんでしょう？　出ておいでよ。

フローの言葉に反応したように、カゴの中からトコトコ歩いてきたのは、真っ黒な鶏だった。

――この子だよ。僕と同じ！　守護神獣様の加護を持ってる‼

真っ黒な鶏は怯えている様子だが、私をじっと見つめている。

「おじさん、生きたままもらうことはできませんか？」

「え、絞めなくていいのか？」

とても不思議そうなおじさんに、私は大きく頷いた。

「なんか、愛着湧いちゃって」

「まあ、いいけど、逃げても責任はとらないよー？」

「はい。大丈夫です。この真っ黒な子、お願いします」

「あいよ。えーと、ベーコンとハム一本ずつとこの黒い鶏で、１５００００Ｂでどうだい」

高いなぁ。大きい塊だし、ここまで来るための移動費もあるだろうから、仕方ないのかな？

「はい。わかりました、じゃあそれでお願いします」

「んじゃあ、支払いだけど」

「現金で」

こういう市場では値切り交渉をするのが前提で、最初は高めの価格を言われることが多いと聞いたことがある。

でも、お金はいっぱいあるし……特に交渉もせず、きちんと支払う。

１５００００Ｂを差し出すと、おじさんは紙幣を一枚ずつ数えて、ちゃんとあることを確認した。

そして、どうやら私を気前のいい客と認識したようだ。先ほどとは違い、おじさんの対応がよくなった。

「なあ、ねーちゃん、この重量持てるのかい？」

おじさんの問いに、私は大きく頷く。

「マジックバッグがあるので、大丈夫です」

「マジか。羨ましいねぇ。ねーちゃん、金持ちなのか⁉」

「違いますよ！　ただ単に師匠から受け継いだものなんです！」

私は慌ててそう答えた。

「そりゃいい師匠だな」

そう言って笑うおじさんからハムとベーコンを受け取り、全てアイテムボックスに詰め込む。

それから、黒い鶏を差し出してもらう。

「ほらよ。逃げても別のがほしいとか言うなよ」

「もちろんです」

鶏を抱きしめると、暴れることなくじっとしている。むしろ、それを望んでいたかのようだ。

鶏を持ったまま人目のつかない場所に行き、名前をつける。

「君は、黒いからオニキス」

――オニキス！　気に入った！　オニキス!!

パタパタと飛び跳ねて喜ぶオニキスの頭を撫でて、私は聞いた。

「それで、君はどうしてあそこにいたの？」

――神獣様の森。神獣様、いなくなった。

オニキスは、そう事のあらましを教えてくれる。

――同じ子、たくさん。近づいたら、捕まった！

つまり、神獣の森というところで迷子になってさまよっていたら、あのおじさんの鶏たちがいっぱいいた。

それを見て、気になって近づいたところを捕まったのか。

この子の言う神獣さん、この子を探してるんじゃ……？

もしそうなら、ここ、襲われたりしない？　誘拐犯扱いされたりしない？

そう危惧した時だった。

――大丈夫。居場所はわかった。神様の送り人よ。

またフローが来た時のように、聞きなれない声だ。

けれど、その時の声とも名前をつけた子たちとも違う、透き通った声。

フローの時は水を媒体にしてたみたいだけれど、今回は影から声がする。

――私は闇の守護を任されし者。送り人よ、我が眷属をよろしく頼む。

そう聞こえたあと、気配のあった影が一瞬鶏の形になり、消えていった。

気づけば、影は元通り私の形になっている。

「ふう、よかった。お許しが出た。オニキス、大人しくしていてね？　私、市場を見て回りたいの」

――わかった。わかった！

元気にそう答えたオニキスを、優しく撫でる。

さっきも思ったけれど、ふわふわの羽のオニキスを抱きしめると気持ちいい。

フローのざらついた冷たい鱗の触り心地もいいのだけど、この羽の感触、凄くいい！

実は私、動物が好きなんだよねぇ！　ふふ、家族がいっぱい増えるのは嬉しいな。

ちょっと予期せぬ出来事だったけど……これからよろしくね、オニキス。

さて、野菜は何があるかなー？　ついでに、野菜の種もあったらほしいなぁ。

市場に戻り、また見て回る。

途中で、肌触りのいいクッションがあったので二つ買った。

フローとオニキスのベッド代わりにしよう。

さらに物色していると、お目当ての野菜を見つけた。

売られているのは、ジャガイモ、人参（にんじん）、キャベツ、玉ねぎだけだったが、どれも美味（おい）しそうだ。

種は残念ながらないらしい。

ジャガイモは種芋（たねいも）にする分も含めて、少し多めに買っておこう。

キャベツも、芯（しん）から育てることができたはずだ。確か、芯（しん）の周りを大きめに残せばいいはず。

まあとりあえず、この二つだけでも育てられたらいいな。

全てキロ単位で購入して、お値段、３０００Ｂなり。

肉屋のおじさんと同じく、「持てるのか？」と心配されたけれど、かばんの中に入れるフリをしてアイテムボックスに入れているので、問題ない。

八百屋（やおや）のおじさんも、それを見てやっぱり羨（うらや）ましがってた。

目的のものを買えて、私は大満足。

そのあとはお店を冷やかしていたけれど、めぼしいものが見当たらなかったので、軽食を売っているエリアに移動した。

……こ、これは!!

キャベツと小麦粉、そして卵を混ぜて焼いた、お好み焼きにそっくりなものを見つけた！

テンションが上がる！　迷わずお買い上げ。

一口食べてみると、塩胡椒味。この世界にソースはないもんね。あと、肉も入っていない。

くぅ、おしい！　イマイチ。

次に見つけたのは、肉串。こういうのは定番だよねー。

トリ、豚、牛、兎といろんな種類の肉が、美味しそうに焼かれている。

ちらりとオニキスが視界に入ったので、トリ肉は避けて牛と兎串を購入した。

美味しい。焼き加減も絶妙だし、塩胡椒の味付けもちょうどいい。

それからもいくつかの露店でいろいろ買い食いし、お腹が満足した。

最後に冷やした果物をデザートに買おうとした、その時。

「ねぇねぇ。君、可愛いねぇ」

まさかのナンパ!?　こんな田舎の村で!?

突然のことでパニックになる。

男が私の肩に手を置こうとした瞬間、腕の中にいたオニキスが、こけーこここっ！　と男に襲いかかった。

「うわっ！　何しやがる!!」

――近づくな！　近づくな!!

男は驚き、オニキスを払いのけようとする。オニキスがけがをしちゃうかもしれない！

「やめて！」

思わずオニキスを抱きしめて庇(かば)い、ぐっと目を瞑(つぶ)って男の拳(こぶし)の衝撃を待つ。

だが、いつまで経っても衝撃は来なかった。

そっと目を開けると、赤い髪を一つに括(くく)ったキリッとした目つきの女性が、男の腕を押さえている。

「こんな、幼い子に何をしている」

「うるせえ、この鶏(にわとり)が俺に襲いかかってきたんだ！　離せよ!!」

男はじたばたしながら、オニキスを指さす。私はキッと男を睨(にら)みつけた。

「この子は、私を守ろうとしただけだもん！」

「だ、そうだが？」

女性に冷ややかな目で見られて、男は悔(くや)しげに歯噛(はが)みした。

「ちっ、覚えてろ!!」

この騒動により、徐々に集まってきた人々の非難の目を浴びて、男は逃走した。

女性は、「全く……」とため息をつき、こちらを見つめる。

私は、ペコリと女性に頭を下げた。

「あ、あの、ありがとうございました。私、メリアと申します」

「いや、大事がなくてよかったな。私はキリス。冒険者をしている」

「そうなんですね、凄く助かりました」

「いや、どうってことないさ」

「もしよければ、お礼に何か奢らせてください！」

私はそう言ったけれど、キリスさんは片手をひらひらと振る。

「そんな、大層なことじゃないよ」

「で、でも……」

「いいから」

キリスさんはにこりと笑って私の頭を撫でると、足早に去っていった。

「……かっこいい」

スマートに助けてくれたキリスさん。まるでドラマのヒーローみたいだった。

私が男なら惚れている！

私の腕の中でまだ憤怒しているオニキスを落ち着かせながら、そんなふうに思った。

——ご主人様、大丈夫？

フローが尋ねる。

「うん、大丈夫だよ。オニキスも、私を守ってくれてありがとうね？」

――大丈夫？　大丈夫？

「オニキスが守ってくれたから大丈夫だよー」

――よかった！

ずっと心配してくれていたオニキスが、やっと明るい声を上げた。

――次は僕も、ご主人様を守るね。

フローがふんすっと張り切っている。

その身体を撫でて「次があったらお願いします」と頼む。

オニキスも、「頑張る！」と翼をパタパタと動かした。

神様。私の新しい家族は、とっても頼もしいみたいです。

第七章　検問所で早めの再会

ナンパを撃退したあと、さらに市場の軽食屋さんを何店舗か見て回る。

味付けがほぼ塩だけというのが残念だったけれど、どれも工夫が凝らしてあって美味しかった。

たくさんの露店の中に貴重な甘味を発見し、干し杏と蜂蜜を購入。ちょっとお高かった。

けれど、ほしかったものを全て買えて、すっかり満足した私。

昼の半の鐘（かね）が鳴る。

また、一時間かけて歩かないといけないしな。そろそろ帰らないと。

一時間の距離は、短いようでかなり長い。

前世ではずーっとデスクワークだった私にとっては、苦行（くぎょう）に近いものがある。

まあでも、帰ったら、フローとオニキスとのスローライフが待ってるし……

そんなことを考えながら、検問の入り口の近くまで来た時だった。

「何をやってるんだ、君は！」

つい先ほど聞いた、女性の声だ。

けれども、優しかったさっきとは違って、怒っているような呆（あき）れているような、そんな口調。

「ご、ごめんよ」

知らない男性の声もする。

声は、検問の入り口の裏路地のほうから聞こえる。覗（のぞ）いてみると、赤い髪が見えた。

女性の声は、やっぱりキリスさんだ。

どうやら緑色の癖毛（くせげ）の男の人を責めているようだ。

キリスさんはその男性に対して、大きくため息をついた。

「よりにもよって、相方の剣を誤（あやま）って池に落とすなんて……」

「すぐに拾おうとしたんだ、でも」

「池が深くて潜れず、拾えなかったと？」

「うん……」

男の人はしょんぼりとした声で答えている。女性は、さらにたたみかけた。

「どうするんだ、こんな田舎の村で、別の武器の調達なんて……市場にも武器はなかったぞ？　これから、ここら辺の魔物を退治する依頼を受けてしまったのに……」

二人が話している内容から察するに、キリスさんの武器を男性がなくして困っているようだ。

彼女の武器が家宝とか名刀とかでなければ、私の武器を使ってもらえばよいのではないだろうか。

「あのー、お話し中すみません」

キリスさんに、そっと声をかける。

「だいたい君はっ!!　……ん？　さっきの……。悪いが、あとにしてくれないか？　見ての通り、今取り込み中なんだ」

キリスさんは嫌そうな顔をするが、私はそのまま話し続けた。

「あの、普通の武器でよければご用意できますよ？　私、鍛冶師なんです」

その言葉に、キリスさんの顔色が変わる。

「君が？　その細腕で？」

「はい。助けていただいたご恩もありますし、よければ我が家にいらっしゃいませんか？　いくつか種類があるので、選んでもらえれば」

「え、本当？」

男性のほうが、嬉しそうに反応する。

「とりあえず、どんな武器でも手に入ればなんとかなる。渡りに船だし、私としてはありがたいが……いいのか？」

キリスさんも少しホッとした様子で、顔を綻ばせた。

「ええ、ぜひ。ただ、私の家はここから林を抜けたところなので結構歩くのですが、よろしいでしょうか？」

私がそう尋ねると、キリスさんは首を縦に振った。

「ああ、構わない。依頼の期限は明後日までだし、市場の商人の護衛の仕事もあるが、彼らが発つのは明日の昼の予定だ。それまでになんとかなればいい。依頼をキャンセルすると違約金を払わなくてはならないから、助かるよ」

どうやら、ギルドの依頼は一度受けてからキャンセルすると、違約金が発生するようだ。私も気をつけよう。

「わかりました。じゃあ、行きましょう」

私たちは村を出て、話しながら家へ向かう。

男の人はネビルさんといい、ドジだが腕の立つ魔術師だそうだ。

キリスさんとネビルさんは幼馴染で、今年でコンビを組んで三年目。

冒険者は最も強いAから、駆け出しのEまでの五段階でランク分けされており、二人のランクはBだそうで、この辺の魔物は敵ではない。

市場の商人たちの護衛として村に来たのだけれど、この村は冒険者が来ることが少ないため、善意で魔物の間引きの依頼を受けてくれたらしい。いい人たちだ。

話を聞いていると、二人は今日の宿をまだとっていないと言うので、「それなら家に泊まりませんか？」と提案した。

一日くらいダミーの部屋でも耐えられるだろうし、困ってる人を見捨てられないよね。

「本当に助かるが、いいのか？」

キリスさんは少し迷っているようだったけど、私は大きく頷く。

「はい、狭くてボロい家ですが……」

話しながら歩いたからか、行きとは違って一時間の道のりはあっという間だった。

今回は運がよく、魔物に出会うこともなかったしね。

私は二人を家の中に招き入れた。

「どうぞ」

「凄い、広い……」

キリスさんが目を見開いている。

入ってすぐに鍛冶場のスペースがあり、炉の隣がカウンターになっていて、武器や防具を並べることができる。

カウンターの奥が生活スペースなので、とりあえずそっちに案内することにした。

生活スペースに入る扉には、上下に並んで二つの鍵がある。脳内辞書曰（いわ）く、上の鍵を開けるとダミーの部屋に入れるそうだ。

私も実際に入るのは初めてなので、少し緊張しながら上の鍵を開ける。

ダミーの部屋には木製の家具が並び、キッチンには竃（かまど）があった。

外見同様、中もボロく、本来の部屋よりもずっと狭い。

けれど、神様が作った空間だからか、ずっと放置していたにもかかわらず、埃（ほこり）一つ落ちていない。

二人の客人が眠れる布団も場所もあったので、ホッとする。

私はアイテムボックスからクッションを取り出し、窓辺（まどべ）に置いた。その上にオニキスを乗せる。

その隣にもう一つのクッションも置いて、フローを移動させた。

「キリスさん、ネビルさん。少し待っててください」

二人には椅子（いす）に座ってもらい、キッチンに向かう。

どうやらダミーになったのは部屋の見た目だけのようで、食器類は元のままだった。

私はお茶を淹（い）れて出したあと、倉庫から最高傑作（けっさく）の武器を持ってきて机に並べた。

「これは……」

「凄（すご）い、前の武器よりずっといいやつだ！」

キリスさんは唖然として、ネビルさんは目を輝かせている。

キリスさんの以前の武器は、魔物を倒した時に出てきたものだったそうだ。

通常魔物を倒すとその身体は残り、そこから魔石や素材を取り出す。

魔石をそのまま放置すると、他の魔物が呑み込んでさらに強くなったり、死んだはずの魔物がゾンビのように腐った身体で動いたりすることがあるので必ず取り出すそうだ。

けれど魔物を倒した時に、魔石の代わりにごく稀に武器や防具が出ることがあり、この世界ではそれを〝神の落としもの〟と呼んで大事にするそうだ。

魔物から出る武器は特殊な素材が使われているので、普通の人では作るのが難しいらしい。

ネビルさんは褒めてくれたけれど、私が一ヶ月の間で作れるようになったのは、簡単なものからミスリルの武器まで。

ミスリルはとても珍しい金属で、鍛えるにはハンマーのレベルをかなり高くしなければいけなかった。

だから、結構高い価値のある武器だとは思うのだけれど、魔物が落としたものに比べると、どうなんだろう……少し不安。

「私は魔物の素材を使って武器を作ったことはまだありません。これらは普通の金属の武器になります」

「ああ」

剣を一本一本手に取り、真剣な眼差しで見つめながら、キリスさんは返事をしてくれる。

そんな彼女に、私はふと質問した。

「キリスさんは、魔法は使えるのですか？」

「ああ、一応使える。私はハーフエルフだからな」

ハーフエルフ、きたー！　まじか、ファンタジーの定番!!

ってことは、ネビルさんもハーフエルフなのかな？

でも、今は武器の説明だ。

興奮を抑えて、冷静なフリをしながら口を開く。

「そうなんですね、なら、魔法と相性のいい宝石のついた武器がいいですかね」

「そうだな」

キリスさんが頷いたので、私は一本の剣を手に取る。

「これはどうでしょうか？　私が特別な合金を施し、レイピアにしたものです。しなりがよく突きに適していて、持ち手についたルビーが魔法の媒体となります」

レイピアは、先端が尖っていて刀身が細い片手剣だ。

剣の中では重たくないので、女性も持ちやすい。

それにミスリルを少し混ぜているので、魔法用の杖がなくても、剣自体に魔法が使える性能があったりする。

「ふむ……試してみていいか？」

「はい、どうぞ」

三人で外に行くと、キリスさんが近くにある木に向かって突く、突く、突く。

それから呪文を唱え、魔法を発動させた。

「凄いな、戦いやすい。魔法の威力も杖と変わらな……まさか、これは」

キリスさんは感心したように言ったあと、ハッとしたように剣を見つめる。

「これは幾らだ？」

「助けていただきましたし、結構ですよ！」

私がそう言うと、ネビルさんは無邪気に「本当？　よかったねー」と喜んだ。

けれど、キリスさんは厳しい面持ちで首を横に振る。

「いや、これだけの業物なのに、そんなことはできない。これは、ミスリルを使っているのだろう？」

「え、ミスリル⁉」

素っ頓狂な声を上げるネビルさん。

二人が大袈裟な反応をするので、私は少し動揺した。

「は、はい。とはいえ、少しだけですよ。キリスさん、よくわかりましたね」

ネビルさんは武器と私を見比べて、「嘘だぁー」と目で訴えている。

キリスさんは真剣な顔で、私を見つめた。

「こんなに魔法を使いやすい金属は、ミスリルだけだろう？」

「ミスリルって、ドワーフの秘術って言われてるのに。メリアさんって実は凄いんだねぇ」

ネビルさんが、おっとりとした口調で言う。

一方の私は非常に慌てていた。

この世界で、ミスリルがそこまで貴重なものだと思っていなかった。

「こいつは何者だ」と怪しまれるのは困るので、私は笑って誤魔化すことにする。

「あはは。でも助けていただきましたし、本当にタダでいいですよ？」

「それはダメだ」

きっぱりと断るキリスさんに、私は戸惑う。

「え、で、でも……」

「ただでさえ今夜泊めてもらうのに、剣までいただくのは、助けた礼には多すぎる」

「わ、わかりました。では15000Bでいかがでしょうか」

フライパンが20000Bだったし、それくらいだろうと軽く考えていた私。

だが、その金額を聞いたキリスさんとネビルさんは、雷に打たれたかのように衝撃を受けていた。

「そんなに安くていいのか？」

うまい話を怪しむように、キリスさんは聞いた。

私はにっこり笑ってこう返す。

「その代わり、また、遊びに来てくださいね」

「……わかった」

キリスさんは少し納得していないようだが、最後はクスリと微笑みながら承諾してくれた。

まあ、ミスリルも使ってるし、ルビーもいいものだから安いと言ってるんだろうな。

……と思っていた私だったが。

後日、ミスリルの武器の値段としてはゼロが一つ足りていないことを知って、後悔することになるのは別のお話。

こうして二人は「早速武器を試してくる」と、張りきって魔物狩りに出かけていった。

夕の鐘までには帰ってくると言っていたので、その間にお風呂を済ませ、美味しい食事を用意しておこう。

私の家は、この世界の人にとって劇薬なのだと思う。

文明の違いがはっきりとしているから、この世界の人たちを混乱させてしまう。だから、絶対に隠さないといけない。

そのために、神様もわざわざダミーの部屋を用意してくれたのだから。

確認すると、ダミーの生活スペースにも、一応湯船があった。

キッチンとリビングの奥にお風呂やトイレがあり、二階には部屋が二つある。

一つは自室用、もう一つはゲストルーム用らしい。

私とキリスさんは自室で、ネビルさんにはゲストルームで寝てもらう予定だ。

一泊の間、家のこと、バレないように気をつけないとなぁ。

気を引きしめながら沈んでいく夕日を見て、夕食のメニューを考える。

そうだ、厚切りベーコンと野菜のポトフと、手作りのパンにしよう。

二日間宿に泊まってわかったけど、この世界には硬いパンしかない。

ふわふわしたパンがない！

硬いパンも美味しいけれど、ふわふわのパンが恋しくなったので、今夜は特製パンを作ることにした。

きっとびっくりすると思うけど、まあ、この世界にないものは使わないし、天然酵母の作り方を説明すればいいだろう。

気に入ってくれると嬉しいな。

米粉を使っているから、ふわふわもっちりした食感のパンの出来上がりだ。

酵母作りは大変だったけど、鍛冶とご飯しか楽しみがないので頑張りました。こんな時のために作っておいてよかった！

いやぁ、自由になる時間が多いっていいね!!

ポトフは簡単だけど、ベーコンの旨味と野菜の素朴な風味が美味しいんだよね。

塩と、お好みで黒胡椒をかけて食べてもらおう。

そうだ。バターもまだ残っていたな。

ポトフに少しのせて食べると、コクが出て味が変わっていいんだよねぇ。

二人が帰ってくる前に、フローとオニキスの食事を先に準備させてもらおう。

オニキスに食べられるものを聞くと、好物は見た目通り穀物だけど、肉も食べられるそうです。

フローも、実は野菜も食べられる。でも、肉が好き。

……とのことなので、オニキスには米を、フローには切ったポトフのベーコンをあげる。

そうしていると、夜の間は念のためにフローが家中を見張っていてくれると言った。

わざわざそんなことをしなくても……と思ったけど、フローもオニキスも心配性らしい。

それなら、おまかせしようかな。

お客様が帰ったら、改めて家族になったお祝いをしようね。

そして準備が十分に整った頃、鍛冶場のほうから物音がした。

キリスさんとネビルさんが帰ってきたんだ。私は笑顔で二人を出迎える。

「おかえりなさい」

「えっと、ただいま？」

頬を掻きながら、照れ臭そうにキリスさんが言う。

「戻りましたー。いやぁ、疲れた」

ネビルさんは、部屋に入るなりボロい椅子にどかっと座り込み、んーと背を伸ばした。

……もう少し遠慮という言葉を知ったほうがいいと思う。

「汗、かいたでしょう？　先にお風呂どうぞ？」

「なに、お風呂があるのか？」

キリスさんは驚いたように問いかける。

そうだ、この世界でお風呂があるのは珍しいんだった。

けれど、この世界の魔造具にもお風呂を沸かすものはある。お湯が出るだけのものから追い炊きができるものまで様々で、どれもそれなりの値段らしいけれど、家にあることがバレてもまずいものではないだろう。

私は慌てて言い繕う。

「はい。ここはボロいですが、お風呂は特別に奮発して設置したんです！」

「そうなのか。では、お風呂をいただこうかな」

キリスさんは一応納得してくれたようだ。疲れている時はお風呂が一番ですからね。

「はい、その間にご飯、あたためときますね」

「助かる」

私が身体を拭くためのタオルをキリスさんに渡すと、嬉しそうに受け取った。

そして、いそいそとお風呂場へ向かっていく。

それを見送ってから、私は鍋をあたためた。

ネビルさんはキリスさんがお風呂に行ってつまらないのか、キョロキョロ辺りを見回し……

「最近ここに越してきたんだよね？　まだ成人していないのに、どうしてここで一人で暮らしているの？」

と話しかけてきた。

「え？」

唐突なことに頭が追いつかず、私は首を傾げる。

ネビルさんは含みのある顔で、さらに話し続けた。

「それに、埃が全然ないね。しっかり掃除をしてるんだなって感心したよ」

「あーまあ、ここに来たの、一ヶ月前ですし」

「え？　たった一ヶ月でこんなに綺麗に整えたの？　そんなに幼い君が一人で？」

しまった。秘密がバレてしまう。

どう誤魔化そうか？　と悩んだその時。

――ここは師匠の家だったと言えばいいよ。君は師匠に拾われて育てられたあと、師匠の家で店を開くために、一ヶ月前から住み始めたのだと。

と、なんと脳内辞書を通じて神様からの助言があった。

え、この脳内辞書で神様と話せるの？　と思ったけど、今回はたまたまらしい。

まあ、とりあえずは助かった。私は神様に言われた通りに話すことにする。

「ここ、元々師匠の家なんです」

「師匠？」

「はい。私は以前ずっと遠い場所にいたんですけど、住むところをなくしまして。そんな時、素材を集めるため旅をしていた鍛冶師の師匠に拾われたんです」

幼子の私を育てるために師匠はここではない場所で鍛冶屋を開き、そこで一生を過ごした。

そして、私は師匠の育った家を見るために、譲り受けたこの家に戻ってきた……という話をネビルさんにする。

「ふーん。そうなんだー」

ネビルさんはまだ訝しげな顔をしているが、一応納得してくれたようだった。

「はい」

「だから、まだ子どもなのにちゃんと鍛冶ができるんだね」

「たくさん練習しましたからね!!」

なんだろう、この人。

こちらのアラを探しているように感じる。

じとっとした目で見つめると、ネビルさんは大きなため息をついた。

「まあ、君にどんな秘密があっても、キリスに近づかないでくれれば、それでいいんだけど」

「え……」

ネビルさんの言っている意味がわからず、私の頭の中ははてなマークでいっぱいになる。

「ほら、キリスってあの見た目でしょ？　しかも、中身もいいからさ。男も女もキリスのこと狙うんだよね。彼女は俺の、なのに……」

苛立ったように自身の爪をカジカジと噛みながら、私を睨みつけるネビルさん。

ああ、この目は……人を愛しすぎている目だ。

そして、ネビルさんは勘づいている。私が言っていることが嘘だと。

とりあえず、私にはそんな気がないことを伝えなければ。

「大丈夫ですよ、私はキリスさんを狙ってなんかいません。だいたい、ネビルさんがキリスさんの剣を落としたから、ここに来たんじゃないですか！」

私だって社会経験のある元大人だ。やんわりと受け流す術は持っている。

「いやぁ、それを言われると痛いなぁ」

そして彼も大人だから、ちゃんと乗ってくる。さっきまでの暗い雰囲気が嘘のように、おどけるように答えた。

だから、大丈夫だよ。フロー、オニキス。

二匹は彼の敵意に気づき、警戒していた。

こちらを心配そうに見ている二匹を安心させるように笑いかける。

「あー。いい湯だった」

すると、キリスさんがお風呂場から出て、リビングにやってきた。

彼女が入ってきたことで、ネビルさんの様子はすっかり元に戻る。

「じゃあ、僕もお湯をいただくね」

「ああ」

そう会話して穏(おだ)やかに笑い合う、ネビルさんとキリスさん。

ふう。よかった。

張り詰めていた緊張が解(ほど)ける。

そして、私はにこやかにキリスさんに尋ねた。

「キリスさんは、パンはあったかいほうが好きですか？」

「いや、そのままで大丈夫だ」

それなら、キリスさんのパンはあたためずに用意しよう。

パンって、不思議だよね。

そのままならふわふわで、焼いたらパリッとするんだもの。

食器をテーブルに並べていたら、キリスさんがすまなそうな顔をして声をかけてきた。

「すまん。あいつがなんか変なことを言ったんじゃないのか？」

「……え？」

首を傾げる私に構わず、キリスさんは一人呟くように話し続ける。

「あいつの気持ちに、気づいてはいるんだ。ただ……あいつは私には何も言わないから」

悲しげな表情を見せながら、キリスさんは告げる。

今までにも、彼が他の人に牽制をかけていたことがあったのだ、と。

それを聞いて、私はなるほどと微笑む。

「大丈夫ですよ」

「だが……」

「ところで、キリスさんは、どうなんですか？」

「私、私は……」

私が聞くと、キリスさんは少し顔を赤らめて下を向く。

キリスさん、可愛い。ていうか、この反応は両思いじゃないか。

黒いオーラを出しまくってたくせに、なんなんだ、あの男は。

私が内心でプンスカしていると、キリスさんは諦めたように口を開く。

「ネビルは、私が別の男を好きだと思っているんだ」

「へ？」

思わず変な声が出た。

そんな私に微笑みながら、キリスさんは続ける。

「私には、同じ師を仰ぐ兄弟子がいてね。ネビルは、私がその兄弟子に惚れていると思っている」

キリスさんに聞く限り、この世界では、女性から告白するのははしたないとされているらしい。

だから、両思いだとわかっていても、なかなか恋人になれずにいるとのこと。

なにやってんの、あのバカ男。人を退けておきながら当人無視って、バカじゃないの。

さっさと告れよ、根性なし！　……なんて、言わないけど。

「そ、そうなんですね……」

私はどう答えようか悩んで、部屋に沈黙が落ちた。

そこで、ネビルさんがお風呂から帰ってきたので、気持ちを切り替えてご飯にする。

二人とも、パンのふわふわモチモチ加減に驚きつつも、美味しいと食べてくれた。

それを見ながら、こっそりため息をつく。

両片思いなんて、漫画じゃあるまいし。

好きな人がずっと側にいるのに、触れ合えないのはどれだけ切ないのだろう。

……仕方ない、私が一肌脱ぐか。

夕飯を食べ終え、ゆったりと寛いでいる二人に寝る部屋に行ってもらうことにする。

「ネビルさんはこっちの寝室を使ってください。キリスさんは申し訳ないけど、私と一緒の部屋で」

私はそう言ったけれど、キリスさんは首を横に振った。

「いや、泊まらせてもらっているのだから、私はネビルと同じ部屋で大丈夫だ」

「僕も、一人よりキリスと一緒がいいな。駆け出し冒険者の時は、一つの部屋で雑魚寝が普通だったしね」

ネビルさんも頷いてるし、信頼関係はあるのだろう。

ならいいかと予定を変更して、キリスさんとネビルさんにゲストルームを使ってもらうことにした。

そして、私は鍛冶場に来た。

今から作るのは、銀の腕輪だ。

私のスキルで作れるものは、武器や調理器具だけではない。

ガラスを作ることもできるし、アクセサリーや食器なんかも作れちゃうのだ。

まあ、一ヶ月間で経験を積んで、成長したことでスキルが解放されたんだろうけど。

それはさておき、二人には恋人たちの石といわれるムーンストーンを入れた、お揃いの腕輪を作ってあげよう。

それで、それをキリスさんにプレゼントするように言って、ネビルさんに渡そう。

細工師じゃないけど、少しくらいなら飾りをつけることだってできるし。

よし！　と気合いを入れると、炉に火が灯り、煌々と煌く。まるで私のやる気のようだ。

その中に銀塊を入れて、輝くのを待つ。これを取り出すタイミングが大切なのだ。

――今だっ！

炉が光った瞬間に銀塊を取り出して速やかに打ち、細い腕輪を完成させる。

そして細い彫刻刀で一重の蔦を彫っていき、ムーンストーンが映えるような装飾をつけた。

よし、出来た。

ムーンストーン、恋人の石よ。拗れた二人の恋をうまく実らせてください。

そう、そっと願いを込めた。明日の朝、ネビルさんに渡そう。

部屋に戻ると、ゲストルームからはまだ声がした。鍛冶の音がうるさかったかもしれないので「お騒がせしました」と告げる。けれど二人とも気にした様子はなかった。

二人の話し声が壁越しにわずかに聞こえるが、それほど気にならず、気づけばぐっすり眠っていた。


翌日、朝の鐘が鳴る前に目覚めた私は、朝食にパンケーキを焼くことにした。

それをお皿に盛りつけていると、ネビルさんが欠伸をしながらダイニングに入ってくる。

「おはようございます」

ふふっと笑いながら挨拶をすると、眠たそうに返事をしてくれた。

「おはよ……」

キリスさんがいない、今がチャンス。運がいいわ、マジで。

きっと、神様も恋バナが好きなんだな！

私はにやけながら、ネビルさんに切り出した。

「昨日、キリスさんにも話を聞きましたよ」

「……」

先ほどまでの眠たそうな顔はどこへやら。

今にも飛びかかってきそうな目つきで、こちらを見るネビルさん。

「人を遠ざけようとしてること、キリスさん、気づいてましたよ」

「嘘だ……彼女は何も僕に言わないんだぞ……」

ネビルさんはワナワナと震えながら呟（つぶや）くように言う。

確かに、キリスさんの性格なら気づいた時点で、ネビルさんに怒りそうだ。

けれど多分、キリスさん自身がネビルさんの執着心を心地よく思っているからこそ、何も言わないのだろう。

キリスさんもネビルさんも、そのことに気づいていないだろうけど。

「ねぇ、ネビルさん」

「なんだよ」

「キリスさんがいくらカッコよくても、キリッとしていても、彼女は女性なんです」

「そんなの、わかってるよ！」

ネビルさんは、キッと私を睨（にら）みつける。けれど、ここで怯（ひる）んではいけないのだ。

「なら……なぜ告白しないのですか？　女性から告白したら、白い目で見られるって知ってますよね？」

「え……そんなの、無理に決まってるから……。今の関係を、壊したく……ない」

告白して駄目なら、パーティメンバーとしても側にいられなくなる。

それならば、幼馴染として、パーティメンバーとして、側にいたいという気持ちはわかるけれど。

でも、あのキリスさんの顔を見たら、いらないお節介でもしてあげたいと思った。

ネビルさんのことは、どうでもいいけどね！

「これ、あげます」

私は昨日作った腕輪をネビルさんに渡す。

「これは……」

「告白、してみてください。待ってますよ、キリスさん」

「バカな……」

半信半疑の様子で腕輪を受け取ったネビルさんは、それをじっと見つめて黙り込んだ。

「……っ」

そのあと、ネビルさんは私に何かを言おうとして、躊躇ったあと、目を伏せて腕輪をポケットにしまった。

誰も何も言わない、無言の時間。昨日とは違う感じの、嫌な空気が流れている。

そして、その空気を変えるのは、やはり同じ人物だった。

「おはよう、二人とも。早いな」

「おはよう、キリス」

ネビルさんに続いて、私も挨拶した。

「おはようございます、キリスさん」

キリスさんも起きてきたので、朝食にする。

その間、ネビルさんはなにも話さなかった。

ただ時折、しまった腕輪の感触を確認するように、何度もポケットを触っていた。

朝食を終えると、二人は帰り支度をする。

「世話になったな」

キリスさんは、薄く微笑みながら私に礼を言った。

「いえいえ。助けていただいたお礼ですから」

「情けは人のためならずとはいうが……大きなものを返してもらってしまったな」

「そんなことないですよ」

私はキリスさんに微笑んで、二人を玄関から送り出す。

結局、ネビルさんは何も言わなかった。

けれども、少し俯いたその顔は、覚悟を決めた男の顔だった気がした。

「さようなら」

二人の姿が消えるまで見送ったあと、私は小さく、本当に小さく「頑張って、ネビルさん」と呟いたのだった。

第八章　新しい家族

先ほどまで誰かがいた空間に一人というのは、どことなく寂しく感じる。

すると、オニキスとフローが私に擦り寄ってきてくれた。

——ご主人様、寂しい？

フローが、心配そうな声で聞く。

——側にいる。オニキスたち、一緒！

オニキスは、明るく励ましてくれているようだ。

「ふふ、慰めてくれるの？　ありがとう。元気出たよ」

可愛い家族。彼らがいれば、私は寂しくないな。

さて、昨日買ったお野菜をお庭に植えて、家庭菜園をしようかな。今の季節は、ちょうど外でいろいろとやるのにいい季節だし。

村では自給自足が普通だと聞いたし、私もやってみたかったんだよね。

自身で作った鍬を構えて、ガシュガシュと土を耕す。

結構力がいるなぁ。

しばらくそうしていると、庭で日向ぼっこをしていたフローとオニキスが興味津々にやってきた。

——何してるのー？

フローが私を見上げると、オニキスもパタパタと羽を動かす。

——何？　何？

「ああ、キャベツとジャガイモを植えて育てようと思って」

すると、フローが忠告するように私に言う。

——土、悪いよ？

「え、土にいいとか悪いとかあるの？」

社畜に家庭菜園をする時間なんてなかったから、土のことは何も知らない。

キャベツは芯から育てられるという知識があったのだって、田舎の母が教えてくれた家庭の知恵だ。

ぐすん。お母さんのこと、思い出すなぁ……元気かな？　親不孝な娘でごめんね。

でも、私はここで頑張って生きるから、許してくれるよね。

私の幸せを何より考えてくれていた人だったもの。

で、悪い土ってどういうことだろう？

そう思っていると、オニキスが答えてくれる。

――野菜を育てる、栄養、足りない。

「あー！　肥料か!!」

確かに、腐葉土とかの肥料がないと、育ちにくいって聞いたことがあるんだよね。

どうしようかなと考えていると、フローとオニキスがじっと同じ方向を向いているのに気づく。

なんでだろう？　と私も見てみると、そこには一羽の兎がいた。

ぷっくりとした茶色の体に、つぶらな瞳。

無表情なのに、ひくひくと動く鼻が可愛い。

これは、あれかな？　この子たちと同じように、神様のお使いさんかな？

その兎はぴょんぴょん私の足元に来て、見つめる。

触ろうとしたら、逃げることなく擦り寄ってきた。どことなく嬉しそうだ。

やっぱり、この子たちと同じなんだね……

「君の名は……アンバー」

パッと頭に浮かんだ名前をつける。

アンバーは琥珀という意味。

琥珀は、昔の樹脂が固まり、結晶になって輝く。

大地に根づいた、地球が持つ生命力を伝える宝石だ。

この子には、その名前がふさわしい。

――初めまして、主さま。

鈴を転がすような、女の子らしい声が聞こえた。

フローやオニキスに比べると、少し大人っぽい。

アンバーは、続けて私に話しかける。

――主さまが、ここに畑がほしいと伺い、参上いたしました。

「え、あ、うん。確かに家庭菜園をしようと思ったんだけど……ここの土は栄養がないんだよね？」

土に栄養がなければ、どんな作物も育ちにくいだろう。

悩む私を安心させるように、アンバーは頷いた。

――はい。ですが、私は土を司る神獣の眷属。少し、お待ちください。

アンバーが、私が耕した土を軽く踏む。

トントン、トントン。

すると、アンバーが踏むたびに、土の色が変わっていく。

淡い色の硬い土から、濃い色の柔らかい土へ。どこか、生命力を感じる。

知識がない私でもわかる。この土ならば、どんな野菜でも美味しく育つだろうと。

やがて、アンバーはその動きを止めた。

――お待たせしました。

「ありがとう、アンバー」

――いえいえ。私にできることでしたら、なんでもお申しつけください。

早速、キャベツの芯とジャガイモを埋めていく。

キャベツの芯は根元を少し埋めて、葉っぱの部分は外に出したままに。

ジャガイモは、芽が出る部分で切り分けて、それを間隔をあけて埋めていく。

「これで、よし」

水を少しだけあげようと桶を持とうしたら、フローが楽しげに声を上げた。

――お水は任せて!!

するとフローは、張りきった様子で水を噴き出した。

霧雨のような細かい水が、虹を描きながら、少しずつ畑の土に染み込んでいく。

「フロー、ありがとう」

――どういたしまして!

アンバーとフローの二匹が活躍してるので、自分もと思ったのだろう。

オニキスは、忙しなく首をキョロキョロと動かし、できることを探していた。

けれど、何もできないことに気づいたらしい。

目に見えてガーンとショックを受けた様子で、落ち込んでいる。

そういえば、オニキスの能力は闇。あの時に影から聞こえた声は、そう言っていた。

「ねぇ、オニキス。そんなに落ち込まな……」

「落ち込まないで」と言おうとした時、気づけばオニキスは抱きしめられるサイズではなくなっていた。

なんと私の背丈（せたけ）よりも大きいサイズに変化していたのだ。

びっくりしている私に、オニキスは楽しげに言う。

――乗って！

「え？」

――乗って、背中、乗って！

何度も言うので、恐る恐るその背中に乗ると、オニキスは突然立ち上がった。

――行く！

「い、行くってどこっ、にっ！」

オニキスはたたたっと走り出す。

それなりの速さはあるはずなのに、落ちることなく安定していた。

風が頬を撫（な）でる。ふわふわとした羽に、身体中を抱きしめられているように感じる。

その瞬間、ふわりと空を舞った。

……え、待って。鶏（にわとり）って……飛べるの……？

そんな私の疑問は、呆然としすぎて声にならなかった。

地面がどんどん遠くなり、空が近くなる。

——気持ちいい？　凄い？

いや、凄いし、風は気持ちいいけど……心の準備ができてなかった。

怖い！　怖い!!

けれど、オニキスは褒めてもらいたくてやってくれたんだろう。

きっと、あのくりくりした目は期待に満ちているはずだ。

そう思うと、怖がっている場合じゃない。ちゃんと褒めてあげないと。

「うん、凄いね、オニキス。気持ちいいよ」

——役に立つ？

オニキスは嬉しそうに声を弾ませる。

私は怯えながらも、うんうん頷いた。

「凄く。でも、フローとアンバーに何も言わずに来ちゃったから、心配してると思うの。空のお散歩はまた今度にしよう。下りてくれる？」

——わかった！

オニキスはくるりと方向転換し、ゆっくりと下降した。

家の近くにふわりと着地したので、ホッとする。

でも、怯えたことに気づいたらオニキスが悲しむ。

私はその背中から降りると、少しひきつった笑顔でお礼を言った。

「オニキス、ありがとう」

――また行く！

「うん、また今度ね。今日は新しい家族が増えたし、皆でお祝いをしよう！　フローとオニキスの歓迎会も、まだだったしね」

――お祝い？

――お祝いですか？

――お祝いって？

フロー、アンバー、オニキスの順に、三匹とも首を傾げる。

「そう、お祝いだよ。嬉しいことがあったら、美味しいものを皆で食べて祝うの！　皆は何が好き？」

私が問うと、最初にアンバーが目を輝かせながら答えた。

――それでしたら、お野菜が好きですわ！

――お肉かなー。

のんびりとしたフローに続いて、オニキスが元気に言う。

――お米、美味し！

「ふふ、じゃあ、美味しいの、いっぱい作らないとねー」

素敵な畑ができたし！　と笑いながら、三匹と一緒に家に戻る。

この世界に来たばかりの一ヶ月前より、ずっと賑やかになった。とても嬉しい。

そして、ふと思う。オニキスは移動用に使えるのか……と。

やっぱ神様は凄いわ。

私が必要な存在を必要なタイミングで、私のもとに家族として送ってくれるんだから。

さて、お祝いの準備をしよう。

フローが肉で、オニキスがお米、アンバーが野菜。

それなら今日は、スティックサラダと一口ハムステーキ、お米は揚げて、簡単お焦げの餡かけにしよう。

フローとオニキスは生でも食べられるけど、調理されたものも美味しく食べられる。きっと、アンバーも大丈夫だろう。

それなら、私と同じメニューにしたい。そのほうが、皆も嬉しそうだし。

まずは、スティックサラダ。

人参とキャベツを細長く切って、浅いコップに入れる。神様が用意してくれていた、マヨネーズと塩レモンドレッシングを添えて完成。

次にお焦げの餡かけ。

朝、キリスさんたちには内緒で炊いていたご飯を丸くしたあとぺしゃんこにして、油で揚げる。

パチパチと音を立てたら取り上げて、粗熱を取る。

それから、残っている昨日のポトフのスープに片栗粉を混ぜて作ったとろみ餡を、お焦げにのせて、と。

ハムは一口大に切って、ちょっと焦げ目がつくくらい焼く。

これで、一口ハムステーキの出来上がりだ。

うん、いい感じ！　全部美味しそうにできた。

それぞれの前に置いていくと、三者三様の反応をする。

——主さま。美味しそうな匂いがします。

鼻をヒクヒクさせて、嬉しそうに声を弾ませるアンバー。

——お肉……

今にもよだれを垂らしそうな顔で、じっと見つめているフロー。

——いただきますっ！　あつーーーーいっ！

熱々のまま勢いよく食べて、悶絶するオニキス。

「お、オニキス大丈夫!?」

——あつい。あついっ！

「冷めてから渡せばよかったね。フロー、オニキスにお水をあげて？」

――わかった。
フローは空いた器に水を出してくれる。
――ごくっごくっ！　冷たい！　美味しい!!
フローが出したお水を飲んで、オニキスは落ち着いたようだ。
「じゃあ、改めて食べようか」
細かく刻んだので、オニキスのご飯は冷めやすい。
オニキスは少し待ってから、警戒しながらパクリと食べた。
今度は大丈夫だったようで、そのあとは嬉しそうに一気にパクパクと食べ始める。
オニキス、最初から警戒しようね……
私はやれやれとため息をつきながらも、可愛い三匹の家族を見守るのだった。

第九章　鍛冶屋の看板

アンバーが家族になってから数日が過ぎた。
村の人には鍛冶屋を開いていることは伝えたけれど、今のところ一人も来ていない。
まあ、この辺は平和だと言っていたし、需要がないのかもしれないなぁ。

そう思ってふぅとため息をついた時、外から「おぉーいっ」と声がした。

「？　はーい」

ガチャッとドアを開けて外に出ると、門の前にはジィーオさんの姿があった。

「ジィーオさん、どうしたんですか？」

「ここ、やっぱりお前の家だったか。ってことは、ここで鍛冶屋(かじや)をしてるんだよな？」

「はい、そうですよ」

頭をガシガシと乱暴に掻(か)いて、ジィーオさんはため息をついた。

「お前なぁ。何人かここまで来たみたいだが、看板もないし、ボロボロだから店じゃないだろうって、皆ガッカリして帰ってきたんだぞ」

「え、えぇ!?　そうだったんですか？」

ジトッとした目で見るので、それは悪かったなぁと思う。何人か来てくれていたならば、なおさらだ。

「そうだよ！　目印(めじるし)になる看板ぐらい作れよ」

大きな声で言うジィーオさんに、とりあえずコクコク頷く。

「わ、わかりました。それで、ジィーオさんはどうしてここに？」

そう聞くと、ジィーオさんは今度は顔を真っ赤にして、照(て)れたように言う。

「じ、実はな、俺の嫁に子どもができたんだ」

「わぁ、それはおめでとうございます！」

ジィーオさん、結婚してたんだ。

「ありがとよ。それでな、親父の剣を鍛(きた)え直(なお)してほしいんだ。俺が親父にもらったように、この剣を子どもに渡したい。だから、頼む」

そう言って差し出された剣は、前に見せてもらった時と同じくボロボロで。

それでも、大切だという気持ちは痛いほど伝わってきた。

「わかりました。お預かりします」

「お、おう！　頼んだぜ」

私がこの世界に来て初めて話した人が、鍛冶屋(かじや)『casualidad(カスアリダー)』の初めてのお客様。

ふふ、本当に縁(えん)を結んでくれたようだ。

ボロボロの剣を受け取り、ジィーオさんを鍛冶場(かじば)へと案内する。

キョロキョロと興味深そうに見ている姿は、子どものようだ。

「じゃあ、剣、お預かりします」

ジィーオさんはどこか緊張した面持(おもも)ちで頷く。

「あぁ、どれくらいかかる？」

「そうですね……打ち直しに近いので少しかかりますが、一時間ほどでしょうか……」

「わかった。なら、ここで待たせてもらってもいいか？」

「はい、いいですよ」

私がそう言うと、ジィーオさんはカウンターに置いてある武器や壁にかけている防具、棚（たな）の調理器具を見始めた。

さてと、鍛冶（かじ）を始めますか。

そう思うと炉（ろ）に火がついたので、そこに剣を入れる。

しばらく待つと出来上がったようで、炉（ろ）の中が光り出した。

人がいるからだろうか？　普段より煌（きらめ）きは小さく、火花のように見える。

取り出すと、剣は鉄だったはずなのに、全く違う素材へと変化していた。

《絆（きずな）の金属－人の繋（つな）がり、血の繋（つな）がりが形を成したもの》かぁ。

スキルめ、憎い演出をしてくれる！　絶対いいの、作ってみせるよ！

絆（きずな）の金属をメインに使いつつ、鉄とわずかにオリハルコンとミスリルを加える。

オリハルコンというのは、世界で最も硬いとされる伝説の金属。

オリハルコンとミスリルの相性は悪いけれど、絆（きずな）の金属がその二つを結びつけてくれるはずだ。

そして、ぱっと見は普通の鉄剣のようにして、鍛（きた）え直（なお）そう。

もう一度剣を炉（ろ）に入れると、オリハルコンに合わせて高温にしたからか、うっすら青い火が輝いている。

タイミングを計ってそれを取り出し、打つ。
カン、カンと心地いい音が、身体中に響いた。
汗が溢れる、結構辛い。
それでも、いいものを渡したい。
ジィーオさんの子どもが大きくなっても、ずっと継げる家宝になるように。
すると、とびきりいい音が鳴り響いた。
その瞬間、水に浸ける。その剣は水の蒸発音に合わせて輝いた。
《絆の鉄剣ー芯にオリハルコンとミスリルが合わさった、強固な鉄剣》
……できた。

見た目は鉄剣そのものだから、実はこれに伝説の金属が使われているとは、誰も思わないだろう。

まだカウンターで商品を見ているジィーオさんに声をかける。

鍛え直した剣を見た瞬間、ジィーオさんは目を瞠った。

そして泣き出しそうな顔で「親父……」と呟き、続ける。

「まるで、昔親父が使っていた剣が、再び蘇ったみたいだ。お前、凄い鍛冶師だったんだな……。

これで、子どもが大きくなったらこの剣をやれそうだ」

ジィーオさんは照れたように笑った。

「気に入っていただけて、よかったですよ」

嬉しそうなジィーオさんを見ると、私まで笑顔になる。

「そうだ、幾らだ？」

剣の金額を聞くジィーオさん。

でも、私はそれ以上に手伝ってほしいことがあった。

「お金はいらないので、鍛冶屋の看板をつけるの、手伝ってくれませんか？」

「そんなことでいいのか!?」

「いいんです！」

そうキッパリ言いきった。

それから私はジィーオさんに手伝ってもらいながら、お店用と道標用の木製の看板を作った。

近くの林の木を切り落として作った看板は、素朴で家の雰囲気に合っている気がする。

「カスアリダーなぁ。変な名前……」

ジィーオさんがそう言うので、私は少しムッとする。

「不思議な縁って意味なんですよ。私と武器を買う人との縁を結ぶお店。そんな意味を込めてつけたんです」

「そうなのか……」

「そうなのです！」

再びキッパリと言いきった私を見て、ジィーオさんはふっと笑った。

そして小さいけれど、はっきり聞こえる声で呟く。

「ありがとうな」

私はそんなジィーオさんに、にっこりと微笑みかけるのだった。

第十章　初めての市場でトラブル発生

あっという間に時間は過ぎるもの。

気づけば、異世界に来て三ヶ月が経っていた。

あれから、村人が何人か店へ買い物に来てくれた。

けれどやはり距離があるので、できれば市場に出店してほしいと頼まれた。

許可証はもらっていたけど、なんだかんだのんびりしてしまって、まだ市場に店を出せていなかったのだ。

でも、皆の願いは叶えたい。

なので、私は今回の市場に初出店することを決意したのだった！

お客さんから要望があった調理器具を大量に作ったから、きっと喜んでもらえるはずだ。

鍛冶師としての経験値が上がったので、複合金属による武器が作れるようになっているしね。

防具も武器同様、どんどん作れるものが増えてきている。

せっかくなので、市場には砥石も持っていこうと思う。

やっぱり、この村では包丁を研ぐという意識がないようで、困っている人が大勢いるようなのだ。

砥石は、何年か持つとはいえ消耗品。

たくさんの包丁を研いでいたら、すぐダメになってしまうのではと最初は心配だったのだけど……

実はこれ、ダンジョン内で採れる石から作ることができるのだ。

だから消耗しても作り放題。ありがたい！

なので、今回は砥石も売ることにした。研ぎ方講座もできればいいなぁと思っている。

村までは、オニキスに運んでもらう。フローはいつもの定位置の手首に巻きついてもらった。

アンバーは申し訳ないけど、お留守番をお願いすることに。

――なぜですの。私も行きたいですわ！

ダンダンッと足を踏み鳴らし抗議するアンバーを「お土産を買ってくるから」と宥め、家を守ってもらうようお願いした。

すると、アンバーは女の子らしくリボンをねだってきた。両手を合わせてすりすりする姿は可愛かった。

さて、市場に出発しよう！

オニキスに乗れば、一時間の距離なんてひとっ飛び。すぐに着いたので、早速売り場を確認し準備する。

「おう、ねーちゃん。この間の子じゃないか」

突然隣から声をかけられて、そちらを見る。

なんと、以前ベーコンとハム、そしてオニキスを買った肉屋の商人が隣のようだ。

「その鶏、まさか返却したいなんて言わないよなぁ？」

訝しげに問う肉屋の商人に、私は全力で首を横に振った。

「違います！　この子はもう私の家族なんですから!!」

だいたい知らなかったとはいえ、神獣の眷属を絞めようとするなんて、天罰が下ってもおかしくない。

そう思うと、この商人は私が助けたことに……いや、まあいいか。

多分、この人は運がよかったのだろう。

そんなことを私が考えているとは知らず、商人は大きく笑った。

「まあ、いいや。隣の店みたいだし、よろしくな」

「あ、はい。よろしくお願いします」

私が頭を下げると、商人は感心したような顔をする。それから、私が作った鍋に視線を移した。

「へー、いい鍋だな」

「わかるんですか？」

「鑑定眼は商人の命だからな！　ふむ。腕のいい職人握ってるんだなぁ」

握るって……自分で作ったんだけどなぁ。

まあ、誤解されたままでも問題ないか。

その商人と世間話をしながら準備し終えると、朝の半の鐘が鳴った。

その途端、獲物を狩る目をした女の人がドドドドドッと私の店に押し寄せ、品物をどんどん買っていく。

「ちょっと、この鍋くださる？」

「フライパン、扱いやすいわね」

「押さないでよ！　これとこれとこれ、ちょうだい!!」

あわあわと対応していると、隣の商人が手伝ってくれる。

なんと、持ってきた調理器具は早々になくなってしまった。

バーゲンセールのような、女の戦いだった。

ふぅと汗を拭いながら、手伝ってくれた商人にお礼をする。

「ありがとうございました」

「いや、しかし、凄かったなぁ」

商人の台詞に、私も思わず苦笑いする。

「市場では、あまり調理器具が出ることがないので、皆ほしかったみたいです」

「あーなるほどなぁ」

肉屋の商人は、納得したように頷いた。

調理器具はなくなったが剣や防具は残っているので、私はそっちを取り出す。

商人は、それを見て目を見開いた。

「ねーちゃん、まだ売るのか？　そういや、マジックバッグ持ちだったなぁ、羨ましいよ」

「そうなんです。それに、調理器具は売れましたが、実は私の本業はこっちなので。武器や防具は作りすぎちゃって……売らないとなくならないんですよね」

武器を並べている最中、商人はナイフをじっと見て呟いた。

「へー……いいナイフだなぁ」

「それ、自信作なんですよ。すこーしだけ、ミスリルも入ってるんです」

「！　ミスリルだって⁉」

驚いたのか、商人が大きな声で叫ぶ。

ミスリルは確かに高価なものだけど、そんなに叫ぶほどなのかな？

「ねぇ、少しいいかしら？」

すると、冒険者の格好をした若いお姉さんが声をかけてきた。

「はい？」

「ミスリルの武器って聞こえたんだけど」

「えっと、ミスリルの武器ですけど……少し配合しているだけですよ？」

私が首を傾げながらそう言うと、お姉さんは凄い形相で私に詰め寄る。

「それでもいいわ、見せてちょうだい！」

「は、はい。なんの武器でしょうか……？」

「私が探してるのは、槍よ」

私は、ミスリルを配合した槍を取り出した。

「どうぞ。確かめてみてください」

「本当にミスリルがうまく調合されているわ。とってもいい武器がこんな田舎にあるなんて……」

お姉さんは、感動したように呟く。そして興奮した様子で、「いくらなの⁉」と尋ねてきた。

槍はギュッと握りしめられていて、「絶対離すもんか」という執念を感じた。

「えーと、それはミスリルも配合しているし……３０００００Ｂくらいでどうですか」

「３０００００Ｂ⁉」

やっぱり、ちょっと高かったかな？　と思ったけれど、お姉さんは心底驚いた様子で大声を出す。

「か、買うわ‼」

お姉さんは、すぐさまお札を取り出し購入する。

すると、それを遠巻きに見ていた他の冒険者たちもやってきた。

そして私は調理器具の時と同じように、もみくちゃにされたのだった。

てんてこ舞いだったが、ミスリル以外の武器は売れなかったので、人波はすぐに引いた。

ミスリルの武器は、そこまでいっぱい持ってきてなかったしね。

「お前、ミスリルっていったら、幻の逸品だぞ」

お隣さんが、若干呆れた声で呟く。

「んー……といっても、少しだけしか混ぜてませんし……」

元々、家のダンジョンでタダで採れるものだしなぁ。

そう思っていると、商人は更に大きな声を上げる。

「その少しが貴重なんだろうが！」

その様子にびっくりするけれど、まあいいかと気を取り直して答えた。

「まあ、私は戦えないので。冒険者が頑張って魔物を倒してくれないと、死んじゃいますから。それに、武器だって倉庫で眠ってるより、使ってもらえるほうがいいじゃないですか」

「はー信じらんねー……」

呆れきった様子の商人は放っておいて、私は残りの武器をアイテムボックスから取り出す。

カッパーと鉄の武器だ。すると、すぐさま誰かに声をかけられる。

「おい、お前さん」

「はい？」

机の上の商品を見ながら私を呼んだのは、太っちょで短足、ちょび髭を生やしたドワーフだった。

「ちょいとその商品を見せてくれ」

「どうぞ」

近くにあったナイフを差し出すと、ドワーフはじーーーっとそれを見る。

その目にはあっという間にうるうると涙がたまり、ドワーフは咽び泣きはじめた。

「俺っちには作れない、こんな作品。俺っちの師匠が生涯かけて、作れるかどうか!!」

そういえば前世で読んだ気がするけど、ドワーフって鍛冶師が多いんだっけ?

そんなことを思っていると、ドワーフは私を詰問する。

「なあ、あんた、一体どこでこんな凄いもんを大量に手に入れたんだ!」

「えっと、私が自分で作りました」

「なに!!　どうやって作ったんだ!　その技術はどこでつちかったんだ!!」

ただならぬ様子のドワーフから目を逸らしながら、私はなんとか言い訳をする。

「えーと、その……師匠に……習ったんです」

「俺っちにその師匠を紹介してくれ!!」

「ごめんなさい……師匠は……もう」

「そんな……!　こんな、とんでもない技術を持った職人が亡くなったというのか!!」

師匠なんていないけど、神様=師匠の設定を作り上げて、話を進める。

ドワーフは再び泣き崩れ、「せめて、この武器を買って研究したい」と、いくつかの商品を買っていった。

それを見ていた冒険者や商人たちは、ミスリルを買い逃してからは無関心だったはずなのに、「あのドワーフが認めた商品だと？」と我先にと群がった。

……ということで、私の店は三度目の繁忙期を迎えました。

その結果、昼の鐘が鳴る前には売れる品が一つもなくなった。

だから私は店を畳み、市場の本部へ報告しに行くことにする。

砥石のことはすっかり忘れて、初めての市場で早々に持ってきた商品が全て売れたのが嬉しくて、ふふんー♪　と鼻歌を歌ってしまう。

自由時間もできたことだし、あとで寄りたい露店を見ながら、ギルドへ向かう。

オニキスを抱きしめている姿が目立つのか、ちょっとじろじろ見られて恥ずかしい。

露店の商人たちは、私が爆売れの店の売り子だとすぐ気づいたようで、自分の商品を買うよう勧めてきた。

勧誘が多いなぁ、とうんざりしながら、歩き続ける。

リボンや布のお店を覗くと、可愛いリボンを二本見つけた。

サテンのものと、刺繍の入ったものだ。

それを、アンバーのお土産に多めに購入した。

余ったら、フローやオニキスにも首輪のようなものを作るつもりだ。

ご機嫌のまま、再びギルドに向かう。もうちょっとで着きそうだ。

目的地が見えたと思った瞬間、誰かに手を引かれ、メインストリートから人気のない路地に引き込まれた。

「なぁ、お前さん、金持ってるよなぁ？　ちょっと俺らに分けてくれねぇ？」

ぐへへへっと下品な笑い方をする男が数人。背の低い私を見下ろし、ニヤニヤと笑っている。

きらりと光るナイフは脅しだろうか。

怖い。逃げないと！

人通りの多い道へと戻ろうとするが、来た方向には見張り番のようにもう一人立っていた。

どうしよう。

腕でフローがシャーシャーと威嚇している。オニキスも、腕の中で羽を大きく広げて、今にも男たちに襲いかかりそうだ。

一人の男がそれを見て、馬鹿にするように言った。

「その鶏、お嬢ちゃんのボディガードか？　てっきり非常食かと思ったぜ！」

「ちょっと首をひねりゃー折れちまうぞぉ」と、煽りながら笑う男たち。

私の露店が繁盛していたのは、誰の目にも明らかだった。

幼くひ弱な少女ならば、脅せば売上金を寄越すだろうと邪な考えを持ったのだろう。

そんな輩（やから）はどの世界にもいるはずなのに、それに気づかず能天気に歩いていた自分を悔（く）いた。

男の手が私に伸ばされる。

オニキスが腕の中から出て攻撃しようとした、その時。

私の目の前で、一番後ろにいた男がドサリと倒れた。

「え……？」

一体何が……？　とぼんやりしていると、高くも低くもない声が路地に響く。

「気に入らないなぁ」

そこにいたのは、銀色の髪に褐色（かっしょく）の肌の青年だった。

頭には羊のような角（つの）が生（は）え、にやりと笑うその口元には牙（きば）がちらりと覗（のぞ）いている。

「ま、魔族!!」

一人の男が、そう悲鳴を上げた。

魔族だという青年はそれに構わず、男たちに静かに告げる。

「小さな女の子一人を多数で襲うとは。僕の美学に反する」

「何言ってやがる、よくも仲間を……！」

男たちは自身の行（おこな）いを棚（たな）に上げて、青年に襲いかかる。

「あ、あぶな……」

青年に向かって、思わず声を上げた。でも、それは杞憂だった。

青年は、ただ一言呟く。

「自分の力量もわからないのかぁ。残念な人たちだねぇ」

本当に一瞬だった。

瞬きを一つした瞬間に、ほとんどの男たちが倒れていた。

「ひ、ひぃ!! おい、お前、近づくな!!!」

見張りをしていた男が、ひんやりとした鋭い刃を私の首筋に当てる。

「っ……!」

思わず、私は声にならない悲鳴を上げた。

「来たら、こいつを殺すぞ!! 来んじゃねえ!」

「おやおや、悪い子だねぇ。そんなオモチャで遊んで」

青年は、慌てることなく近づいてくる。男は必死に威嚇する。

だから、男は気づかない。私を守る存在に。

「まったく、ナンセンスなことだ」

青年がそう言うと同時に、フローが音もなく忍び寄り、ナイフを持つ男の腕に噛みついた。

「え、あ、ギャーーーー」

男は突然襲ってきた痛みに叫び、ナイフを落として私を突き飛ばした。

その隙にオニキスは男の顔に飛びつき、目を、鼻を、突く。男はたまらず倒れ叫んだ。

「痛い、痛い」

そして、ひーっと逃げ出した。

「なんてダメな坊やだ！　仲間を見捨てるなんて!!」

青年はその様子に笑いながら呆れたように言う。

どうやら、青年は小さな騎士たちが私を守ろうとしていることに気づいていたようだ。

だから男に隙を作って、フローとオニキスにチャンスを与えた。

そして彼らは、その一瞬の隙を見逃さなかった。

私が助かったのは、フローとオニキス、そしてこの青年のおかげだ。

「あ、あの、ありがとうございました」

「んー？　いや、大丈夫でよかったねぇ」

「はい。あなたのおかげです」

お礼を言う私に、青年は不思議そうな顔で問う。

「君、面白いねぇ。僕はリクロス。君の名前は？」

「私は、メリアです」

「メリアね。ねぇ、君、警戒心ないの？」

青年の言葉の意味がわからず、私は首を傾げた。

「は？」

「だって、僕、魔族だよ？　あの男たちも言ってただろ」

リクロスは隠していた翼を出して、ニヤリと不敵に笑う。けれど、私は堂々と言い切った。

「命の恩人を怖がるのですか？」

「へ？」

リクロスはキョトンとしているけれど、私は言い募る。

「どこの誰であれ、助けていただいた恩を忘れて、怖がるなんてできません。まして、何かされたわけでもないのに」

ねぇ、とフローとオニキスに同意を求めると、二匹はつぶらな瞳で私を見つめてくれた。

――大丈夫？

そう言うフローに続いて、オニキスも心配そうに声をかけてくれる。

――けが、ない？　ない？

「フローもオニキスも、ありがとう。うん、けがしてなかったよ」

私たちが会話をしていると、リクロスはクスクスと笑った。

「いい。いいねぇ、君。また会ったら、遊んでよ」

「は？」

「じゃあね!!」

私の頭が追いつかないうちに、リクロスは凄いスピードで駆けていってしまった。

「あ……まだ、お礼してないのに……」

私は、その背中をぼんやりと見送ることしかできなかった。

メリアを襲った男は、森の中を必死に走っていた。
蛇に噛まれた腕が、鶏に突かれた顔中が、ジクジクと痛む。
それでも、歩みを止めるわけにはいかなかった。
休めば、あの男が来る。あの、魔族が……
はあ、はあ、と息も絶え絶えになりながら、背後を気にしながら走った。
あの村からは、かなりの距離を稼げたはずだ。
「クソッ、あの魔族、仲間たちと兄貴を殺しやがって……」
これで、ようやく安心できる。
そう思った。だが、現実は甘くなかった。
「うん、人にしてはよく歩いたねー」
ガサガサと草むらから姿を現したのは、あの魔族だった。
いつもと同じように、簡単な仕事のはずだったんだ。幼い少女を脅して金を奪うだけ。

それが、どうしてこんなことになったんだろう。
「運が悪かったね」
魔族は微笑みながら、そう告げた。
そう、運が悪かったとしか言えないのだ。
魔族は、滅多に人の住む場所には現れない、絶対的強者。
それに殺されるというのは、天災にも等しい。
「ま、待ってくれ、俺は……」
言い訳も最後まで言いきれず、首をはねられた。意識が遠のく。
最期に見たのは、バラバラになった自身の身体。
ああ、やめておけばよかった。
そう後悔したが、全てはもう遅すぎたのだ。

「ノンノン。言い訳は無粋だよ」
僕――リクロスは、鼻歌を奏でるように、バラバラになった死体に声をかけた。
君の不運はね、人間という同じ種族の幼い少女に手を出したこと。仲間を見捨てたこと。醜い見た目。

……その全てが、僕の美学に反していたことだね。

それに、君は一つ、誤解している。

僕は少女を襲った者を殺したわけじゃない。気絶させただけだよ、僕は優しいからね。

手にかけたのは、君だけ。

余計なことをしなければ、君も死なずに済んだんだ。そういう意味でも、君は運が悪かったね。

「リクロス様」

すると、聞き慣れた声が突然降ってきた。

僕は悪戯がバレた子どものような顔で、そちらを振り返る。

「あーらら。見つかっちゃった」

現れたのは、背の高い無表情な男。

僕が小さい時に拾ったのだけれど、あっという間に小言を言うようにまで成長したやつだ。

彼は大きくため息をついた。

「困りますよ、勝手に屋敷を抜けられては」

「いーじゃん、たまにはさ」

僕が飄々と答えると、彼は呆れたように呟く。

「まったく。次期当主としての自覚を……」

そんな彼だけど、僕が話せば乗ってくるのはわかっている。

「ねえ、面白いものを見つけたんだ」

「面白いもの、ですか？」

予想通り、彼は僕の言葉に興味を示した。僕は彼の問いに対して、首を縦に振る。

「うん、弱いのに、僕を見ても怖がらない」

「それは……なんという危機管理能力のなさでしょう」

彼は若干眉を顰めた。僕はそれを見て笑いながら続ける。

「しかも、神獣の眷属を引き連れていた」

「なんですって？」

さっきの態度とは一転、彼は大きく目を見開く。

それもそのはずだ。

この世界に存在する十二の神獣は、人に、生き物に、興味を抱かない。

神獣は世界の自然を維持するために、神によって生み出された管理者だからだ。

その手足である眷属も、当然ながら今まで他の存在に興味を持ったことはないと聞く。

運よく眷属に名を与え、絆を結んだ者もいるというが、あのように眷属が人を守ることはないはずだ。

「そんな、馬鹿な……」

彼は、信じられないとばかりに動揺している。

僕はさらに追い打ちをかけるように、あるものを差し出した。

「ふふ。ねぇ、これ見てよ」

僕が見せたのは、一振りの剣。先ほど、少女が売っていたものだ。

気になって、購入した商人に話しかけ手に入れた。

この世界にあるどの剣よりも高度な技術が使われていることは、長い年月で鍛えられた鑑定能力でわかった。

おそらく、彼もそれを見抜いているのだろう。

「これを生み出した少女が、神獣の眷属を連れていた。これってどういうことなのかな?」

僕は問うが、彼は静かに首を横に振る。

「私には、わかりかねます」

「だよねー」

真面目な彼の眉間に皺が寄ったのを見て、僕はケラケラと笑いながら呟いた。

「興味深いんだよね。……しばらく、彼女について調べたいと思う」

「それでしたら、我ら部下に……」

彼の言葉を、僕は「いや」と遮った。

「僕が、直接調べたいんだ。それに、途中で投げ出すことが僕の美学に反するのは、君もよーく知ってるだろう?」

「はい」

彼は少し納得していないようだけれど、しっかりと頷いた。よし、これで決定だね。

それから、僕はすっかり忘れていた男を見る。

「……これはもういらない」

僕は火を出現させて、バラバラになった死体に灯した。

骨をも溶かす炎は何一つ残さず灰に変える。その灰は風に吹かれ、跡形もなくなった。

一仕事終えたので、僕は彼に声をかける。

「さて、とりあえず帰ろうか」

「はっ」

自分を見るメリアのキョトンとした顔を、ふと思い出す。思わず笑みがこぼれた。

あの子、変わった子だったなぁ。

僕は翼を出し、そして、空を駆ける。

「またね、メリア」

わずかに見える村に向かって、気づけばそう呟いていた。

リクロスが去ったあとも、私はしばらく呆然と立ち尽くしていた。

少ししてから、騒ぎを聞きつけ、腕の立つ冒険者が駆けつけてくる。

すると、一人の男が目を覚まし、「魔族だ、魔族が出た」と騒ぎ回った。

その上、「この小娘のせいで!!」と私を襲おうとする。

冒険者たちはその男を取り押さえながら、私に落ち着いた声で言った。

「悪いが一緒に来てくれ。話を聞きたい」

それに、私はこくんと頷いた。

私は冒険者たちに連れられて、ギルドに向かう。

「何があったの？」

大勢でギルドに入ってきた冒険者たちと私を見て、ジャンさんは目を丸くして尋ねた。

「実は、村に魔族が出たんだとよ」

「場所貸してくれや」

と、私たちのあとから、二人の冒険者が入ってくる。

一人は私を襲おうとした男を羽交い締め(はがいじめ)にし、もう一人は気絶した男を二人担(かつ)いでいる。

羽交い締めにされた男は、「よくも！」と血走った目で私を見ていた。

今にも暴れそうなので、男は落ち着くまでギルドの地下牢へ押し込むことになった。

「魔族が現れたとは本当か？」

その時、村長であるマルクさんがやってきた。

ジャンさんは「まだ詳しいことはわからないけど……」と、今の状況を話す。

すると、マルクさんが地下牢に入れた男の取り調べをしてくれることになった。

その間に、私はジャンさんから事情聴取を受ける。

「あのさ、メリアちゃん。今日は市場で出店してたんだよね？　どうしてこんな騒ぎになったの？」

「あの、実は……」

持ってきた品物が全て売れたので、ギルドに報告しようとしていたこと。

その途中の路地で、男たちにカツアゲされたこと。

突然その中の一人が倒れて、褐色の肌で、角が生えた青年が助けてくれたことを私は伝えた。

全て聞いたあと、ジャンさんは小さくため息をつく。

「メリアちゃん、褐色の肌で角が生えているって……典型的な魔族の特徴だよ？　魔族はこの世界で最も強い力を持つ存在。彼らは凶悪だから、人々は近づかないようにしているんだ。それも、知らなかったの？」

「すみません、私。とても遠くから来たので……魔族がこんなに恐れられる存在だってことを、知らなかったんです」

「そうだったの。それで、魔族は彼らを倒したあと去って、ここにいる皆が来たわけだね」

「はい」

ジャンさんが言うには、私を襲った男たちは冒険者ではあるのだけど、悪い意味で有名らしい。

彼らは腕は立つが、最近は天狗になって犯罪紛いのことにも手を出しているという噂があり、ギルドでは犯罪者と紙一重と見ていた連中だそうだ。

「それよりも、村に本当に魔族が出たのなら問題だ」と、ジャンさんはとりあえず、気絶している二人の男を起こし、話を聞くという。

私を見て暴れる可能性があるため、別室で取り調べることになった。

ジャンさんが男たちと冒険者を数人連れて部屋から出ていくと、気が抜けたのか、ぶるりと肩が震える。

それを見て、女性の冒険者が側に来てくれた。

「大丈夫？　怖かったよね。今度は守るからね」

一番近くにいた女性の冒険者が、そう言って私の頭を撫でてくれる。

しばらくすると男たちが目覚めたようで、私がいる部屋にまで聞こえるほどの大声で叫んだ。

「魔族だ！　魔族が出やがった!!　俺たち、抵抗する間もなく倒されちまったんだ」

「何してんだ？　早く本部に知らせないと、被害が出るぞ!!」

こんなに大騒ぎになるのか……とびっくりしていると、女性冒険者の一人が教えてくれる。

「彼らはたった一人でも、こんな小さな村なら滅ぼすことができる。それほど、高い身体能力と大きな魔力も持つ非道な者。それが私たちの知る魔族よ」

すると、再び別室から男たちの大きな声が聞こえてきた。

「あのガキ、魔族の仲間だったんだ。でなきゃ、魔族がこんな田舎に姿を現して、俺たちを痛めつけるはずがない。おかしいじゃねぇか。こんな田舎の村で、ミスリルの武器がたった３０００００Ｂで買えるなんてよぉ？　あのガキも魔族なんじゃねぇのか」

「そうだそうだ。でなきゃ、俺たちがやられるわけがねぇ」

もう一人もそれに同意したように、あのガキはスパイだと言い立てる。

次に聞こえたのは、女性の冒険者が男たちを問い詰める声だった。

「じゃあ、なんであんな路地に、あの子を誘い込んだの？」

「そりゃ、オメェ、ミスリルみたいな宝をあんなガキが普通持ってるわけねぇから、話を聞こうと……」

さっきまでの勢いが一気になくなる男。女性冒険者は、軽蔑するような口調で続けた。

「ふーん。あの子はこの村の村長さんにちゃんと許可をもらって、出店してたんだけど」

「彼女を疑うってことは、村長さんを疑うってことだよ」

ジャンさんも、不機嫌そうに低い声で加勢した。けれど、男は怯まず叫ぶ。

「じゃあ、オメェらはおかしいと思わねえのかよ！」

「ミスリルを使ったのは少しだけだって、あの子言ってたわよ」

そう言ったのは、私のミスリルの武器を購入できた人だろうか？

その人は、さらに続ける。

「私は鑑定スキル持ちでね。あの武器に含まれているミスリルの量は、十五パーセントほどだってわかっていたわ。確かにそんなに多くないし、彼女はその辺を踏まえて値段をつけたのでしょうね」

「え、十五パーセント!? それなら、普通の剣と大差ないじゃねえか。普通のミスリルの武器っつったら、四十パーセント以上の配合率だろ？」

女性冒険者は、それを「いいえ」と否定する。

「十五パーセントしか含まれていなくても、配合がよければ、普通のミスリルの武器と同じくらいの働きをするのよ。これは、あの子の武器を見て泣いていた、ここにいるドワーフの受け売りだけど。私自身も鑑定のスキルで、彼女の武器は優れていると判断できたわ」

「んだぁ。その姉ちゃんに武器を見せてもろうたが、あの嬢ちゃんの武器は、完璧な配合だった。腕がいいんじゃろうな。ミスリルも鉄も、皆喜んどった」

私は気づかなかったけれど、あの時のドワーフも、騒ぎを聞きつけてギルドにやってきていたらしい。

すると、突然マルクさんの声が聞こえた。

「君たちも、魔族を見たのかい？」

どうやら地下牢での取り調べを終え、ジャンさんと合流したらしい。

「あ、ああ。そんなことよりも……」

男の声はそう前置きして、マルクさんに食ってかかった。

「あの鍛冶師の女、よくわかんねえ武器を作ってやがるんだぞ！　あんなやつに市場への出店を許可するなんて、あんたの贔屓じゃねえのか？」

「そんなこと？　……君は魔族の出現よりも、あの少女を蔑むほうが重要だと言うのか？」

マルクさんは冷静を通り越した、冷ややかな声で言う。

「え、い、いや、そういうわけじゃ……」

「では、どんなつもりだね。しかも、君たちは彼女に金銭の要求をしたと聞いたが？」

男は一瞬狼狽えるような声を出したけれど、余裕を取り戻したように声を荒らげた。

「聞いたって、あのガキからだろ？　証拠がねぇよ！」

「グーヤヌといったかね、今は地下牢にいる彼から聞いたんだよ」

「グーヤヌ！　あいつ、裏切りやがったのか!!」

仲間のグーヤヌが自白したと言われ、男は自身の罪を認めてしまった。

マルクさんは、変わらず冷たい声で言う。

「認めるんだね」

「だったらなんだよ。どう見ても弱いやつが、金持ってるんだぜ？　すこーし、融通を利かせてもらったってバチは当たんねえだろうが！」

そう告げる男に、マルクさんは呆れたように続ける。

「魔族に会ったってことが、バチが当たったということではないのかな？　彼女は襲われなかったわけだしね」

「はっ。あり得ねえ武器を作れる上に魔族に襲われないなんて、あのガキも魔族かもしれねえじゃねぇか。だとしたら、俺がしたことは正当だろう」

そう開き直った男に、マルクさんはため息をついた。

「彼女は君と同じ、冒険者だよ。魔族じゃない」

「なに？」

疑問を呈した男に、ジャンさんは告げる。

「この間、メリアちゃんはここで冒険者登録したんだ。登録者同士の揉めごとは、ギルドが裁く決まりだからね。君の処分は、ギルドの本部に預けられることになる」

「けっ。そうかよ」

吐き捨てるようにそう言った男に、マルクさんは冷たく言い放つ。

「地下の牢へ入れておけ」

男たちは地下牢に連れていかれたようだ。

しばらくして少し落ち着くと、マルクさんとジャンさん、他の冒険者たちが、私のいる部屋に戻ってきた。

「メリアくん、本当に魔族を見たんだね」

マルクさんが、厳しい面持ちで尋ねる。私は少し緊張しながら頷いた。

「は、はい」

「なぜ、魔族は君を助けたんだい？　魔族といえば、恐怖の代名詞。彼らと会ったのに無傷、しかも言葉を交わした者なんて、聞いたことがない。奇跡に近いことなんだよ」

リクロスがどうして私を助けたのかはわからない。

だから、私は彼が言っていた言葉を思い出して、そのまま伝えることにした。

「彼は、自身の美学に反するって言ってました」

「美学？」

「はい、『小さな女の子一人を多数で襲うとは。僕の美学に反する』……そう言っていました」

「ふむ……つまり、その魔族の美学とやらに助けられたということか。となると、メリアくんが襲われなかったのは、運がよかっただけ。やはり冒険者に周囲の様子を見に行ってもらうべきか……？」

マルクさんは誰に言うでもなく、ただ考えを口にしているようだった。

しばらくして、考えがまとまったのだろう。マルクさんはジャンさんを見て言う。

「ジャンくん、ギルドに村長依頼だ」

「はい。わかりました」

ジャンさんが頷いたのを確認すると、この場にたくさんいる冒険者に向かって、マルクさんは大きな声で告げた。

「依頼内容は、村の周囲に魔族がいないか調べること。いた形跡でもかまわない。もし魔族を見つけた場合は、報告してくれ。無理のない程度でいいが、可能ならば撃退もしてほしい」

ジャンさんはマルクさんの言葉を聞いて、問いかける。

「報酬はどうしますか？」

「これを」

マルクさんが差し出したのは、銀色に光る小さなものだった。

それを見て、ジャンさんは大きく目を見開く。冒険者たちもざわついた。

「それは……銀メダルじゃないですか、本気ですか？」

「魔族だぞ。出し惜しみするべきではないさ」

「それもそうですね」

ジャンさんは納得したように、マルクさんの提案を受け入れる。

なんだろう？　と思うと、いつものように脳内辞書が教えてくれる。

銀メダルとは、その地域の英雄に与えられる名誉あるメダル。

それを多く持っている冒険者は、村や町、都市で一目置かれるようになる。

そのため、銀メダルは村長などの上の位のものしか報酬とすることはできず、普通よりも難度の高い依頼になる。

通常、依頼の報酬は銅メダルであるので、銀メダルの依頼は危険だという証でもある。

なお、金メダルは貴族、プラチナメダルは王のみが報酬にできる、幻のメダルとされている。

……なるほど。それは確かに大事だ。

そして、そんなレアな依頼にもかかわらず、討伐ではなく捜索ということで、危険度はぐっと下がった。

誰でも銀メダルを獲得できるチャンスを得たので、冒険者たちに響めきが走ったらしい。

それから、一応解散という形になった。

冒険者たちは、ジャンさんと受付嬢のカサリさんに群がり、依頼を受ける手続きをし始めた。

「さて、メリアくんは魔族に狙われる可能性があるから、私の家に泊まるといい」

先ほどまでの険しい顔とは程遠い、慈愛に満ちた瞳でマルクさんが誘ってくれる。

ありがたい申し出だけど、家でアンバーが留守番をしているのだ。

「すみません。家族を残してきたので帰ります！」

「だが……」

「もし、仮に魔族が私を狙うつもりだったら、会ったその時に殺されていたはずです！　殺されてないってことは、大丈夫です!!」

「しかし、君は抵抗する手段を持っていないだろう？」

心配そうなマルクさんに同意するように、周囲の冒険者たちが息をそろえて頷いている。

まあ、確かに私自身はか弱いし、抵抗する手段がない。

でも、私を守ってくれる心強い家族が側にいるのだ。

「オニキスとフローがいます!!」

――呼んだ？　呼んだ!?

――呼ばれたー？

私の声に反応して、腕の中のオニキスが羽を広げて威嚇のポーズをとり、袖の入り口からフローがぬっと顔を出す。

それに対してキャーッと叫び声を上げたのは、女性の冒険者だ。

「へ、蛇！」

その女性を安心させるように、私は声をかける。

「この子たちは、私を守ってくれる騎士です！」

「その子らが？　普通の蛇と鶏に見えるが？」

マルクさんが首を傾げる。

「この子たちは……」

と、私が説明しようとした時、ハッとしたようにジャンさんが叫ぶ。

「村長さん！　ちょっといいです？」

「ん？　なんだい。今大事な話を……」

「いいですから！　カサリ、悪いけど依頼の受付を頼むよ。メリアちゃんも来て」

ジャンさんは戸惑(とまど)うマルクさんと私を引っ張っていく。

「あわわわ！　頑張ります!!」

ジャンさんはカサリさんが頷くのを見ると、私とマルクさんを連れて個室へと入った。

そして、他の人には聞こえないように小さく、けれどもハッキリ言った。

「メリアちゃん、その二匹……眷属(けんぞく)様だよね」

「なに!?」

ジャンさんの言葉を聞いて、マルクさんが大きく目を見開く。

私がコクリと頷くと、ジャンさんは苦笑いした。

「普通の生き物のようにメリアちゃんに懐(なつ)いてるけど……獣人の勘(かん)ってやつかなー、すぐわかったよ」

マルクさんは呆気にとられたように、ぽかーんと大きく口を開けたまま固まっていた。

――喋(しゃべ)っていいの？

私たちの会話の内容を聞いてか、フローが話しかけてくる。私は小さく首を横に振った。

「もうちょっと待ってね」

それを見たマルクさんは、さらに大きく驚く。

「意思疎通ができるのか。そして、眷属様はメリアくんの言うことを聞いているのか！」

「はい、この子たちは私の脳内に話しかけてくれるんです。言葉は理解しているみたいなので、話すことができます。言うことを聞かせているというよりは……家族ですから、普通に話しているだけです」

私がそう言うと二人は顔を見合わせる。

「普通の眷属様はねー、人に名をもらって絆を結んでも、その人とともにいることは、ほとんどないんだ。彼らは自然を司るものだから、人の営みに興味は持たない。彼らからもたらされるのは、警告だけなんだよ。これは、珍しい事態すぎる。だから、君が眷属様と仲がいいことがバレれば、とんでもないことになる。このことは、絶対他言無用にしてね」

ジャンさんにそう念を押される。険しい顔の二人に、私は強く頷いた。

「わかりました。絶対に人に言いません!!」

手を上げてよい子の誓いを立てると、二人は「本当にわかってんのか？」って顔をした。

ちゃんとわかってます。言いません。

それにしても、早く帰らないとアンバーが心配しちゃうなぁ。

その後、二十分くらい二人にがっつりと忠告を聞かされて、ようやく解放された。

「メリアくん、気をつけて帰るんだぞ」

マルクさんに言われて、私は首を縦に振る。

「はい」

……「知らない人についていかない」ってことまで言われたけど、幼児の扱いでしょうか……？

とりあえずなんとか納得してもらい、帰れることになった。

何人かの冒険者たちが、親切心で魔族捜索をしつつ途中まで送ると提案してくれた。なので、それに甘えて一緒に帰ることにする。

その冒険者の中には、先ほど「絶対守るから」と言ってくれたお姉さんもいたので、安心した。

何事もなく家の近くまで来られたので、送ってくれた冒険者さんたちにお礼を言う。

「気をつけろよぉ～」と言って見送ってくれる、最後まで気のいい冒険者たち。

緊急時だというのに、ふふっと笑みがこぼれた。

しかし……魔族ってそんなに悪い存在なのかな？　少なくとも、あのリクロスって人は私を助けてくれたけど……

そう考えながら家の中に入ると、どっと疲れが出てきた。

いろいろありすぎて気が張っていたらしい。一度、魔族のことを考えるのは休むことにした。

そんな私に、アンバーが寄ってきてくれる。

――おかえりなさいませ、主さま。

可愛いなぁ。
そう思った瞬間、気が遠くなる。
自分が倒れたことに気づいてすぐ、私は意識を手放したのだった。

◆◇◆◇◆

――ご主人様？
フローは巻きついていたメリアの腕から離れ、顔を覗き込む。
アンバーはメリアの足元で、大きく驚いていた。
――主さま、どうしましたの？
――倒れた……
オニキスも、突然のことに呆然とするしかない。
三匹の眷属たちは、倒れたメリアの周りをウロウロした。
しかし、自分たちには何もすることができないと嘆き、声を上げる。
だが、その小さな声を拾うことは、誰にもできなかった。
――どうすればいい？
――起きて、起きて。

フローとオニキスはそう言いながら、途方に暮れる。
自分たちの非力を悲しんでいると、突然メリアの身体がふわりと浮いた。
そして、三匹の頭の中に声が響く。
［慌てるな、小さな眷属たちよ］
――神様っ!!!
それを聞いて、最初に声を上げたのはフローだった。
――かみさま？
――長の主人さま？
オニキスとアンバーは、不思議そうに首を傾げる。
彼らの脳内の声――神は、それを肯定した。
［そうだよ。君たちは、よく働いてくれているね］
声の主が神だと知り、三匹は必死に言い募る。
――ご主人、優しい。ご飯、美味しい。
――優しく撫でてくれる。
――主さまはいつもニコニコと、私たちに優しく接してくれます。
オニキス、フロー、アンバーの言葉を順番に聞いて、神は優しく答えた。
［うん、いつも見てた。だから、心配しないで］

すると浮いたメリアの身体から、光の糸が放たれる。

それは彼女の身体を繭のように包み込んだ。それからしばらくして、それはゆっくりと彼女の身体に溶け込むように消えていった。

「メリアは、普段と違うことをして気が張っていたようだね。大丈夫、もう心配ないよ」

――よかった。

フローはホッとしたように言う。アンバーも礼を示した。

――ありがとうございます、長の主人さま。

「じきに目を覚ます。それじゃあね」

神がいなくなると、三匹はメリアを囲むように座り、じっと見つめていた。

ん、んんー……あれ？　ここは、あの時の空間？

私が目を覚ますと、神様が異世界に送り出してくれた時と同じ空間にいた。

「少し、君に謝らないといけないことがあってね」

「へ？」

神様の声が聞こえてキョロキョロと辺りを見回すが、姿は見えない。前と同じだ。

見えないのに、近くにいる。近くにいるようで遠い。

不思議な感覚だが、どことなく安心感があった。

それよりも、今、神様は謝るって言ったよね？

「私、あの世界で暮らしてまだ半年も経ってないけれど、幸せですよ？」

「それはよかった。でも、謝らないとダメみたいだ」

「どういうことですか？」

「魔族のことだよ」

魔族？　私を助けてくれた、あの人……リクロスの種族だよね？

私が不思議に思っていると、神様は語り始めた。

「魔族っていうのは、他の種族と同じく、僕が生み出した」

「はい」

「しかし、他の種族は彼らを拒絶し、今、魔族と他の種族の関係は最悪だ。でも、今はその状態のままで、世界は均衡（きんこう）を保っている」

恐怖の代名詞扱（あつか）いですものね。

理解はしていると、私はうんうん頷く。

「そこで君だ」

「私？　何もしてないですよ？」

私は首を横に振るけれど、神様は淡々（たんたん）と言った。

［静かな水面（みなも）に石を投げ入れれば波紋（はもん）ができるように、君の存在自体がこの世界に影響を与えているのがわかったんだ］

「え……」

私は思わず目を見開いた。しかし、神様はさらに話を続ける。

［君はのんびりとした生活がしたいと望んで、あの世界へ降り立った］

「そうですね」

［けれど皮肉にも、君を中心に世界は変わってきている。そのせいで、これから君はたくさんの経験をするだろう。いいことも悪いことも……のんびりしたいという願いとは、かけ離れた生活になるかもしれない］

そうか、神様は『穏（おだ）やかにのんびり暮らしたい』という願いが叶えられないことを謝るために、私を呼んだのか。

でも、山あれば谷あり。人生なんてそんなものだよね。

「それは、どんな世界で生きても同じでは？」

［そう言ってくれるのはありがたいよ］

ホッとした様子の神様に、私も安心する。

［だから、君に僕から贈り物をしよう］

神様がそう言ったあと、私の額は少し熱くなり、その熱はすぐに消えた。

「今のキスはね、僕の加護。何があっても君を守ろう」

「そんな、神様が一人を贔屓していいの？」

「ふふ。まあ、長い歴史の中で一度くらい、いいじゃないか。さあ、あの子たちが君が目覚めるのを待ってるよ」

「あ、ちょっ……」

私が言い終える前に、ふわりと宙に浮く感覚が襲ってくる。

そしてドタンッと衝撃を受けて、目を覚ました。

そこにあったのは、見慣れた家の天井と、顔を覗き込む三匹の姿。

私は、とっても嬉しくなった。

◆◇◆◇◆

白い空間で僕——神と呼ばれる存在は、メリアが無事目覚めたのを確認し、そっと目を閉じる。

「メリア、君に伝えていないけど……君は今、歴史の渦の真ん中にいる」

そう、彼女の行い次第で魔族とその他の種族が全面戦争をするか、それとも和解するかが決まる。

けれども、それを彼女に自覚させれば歴史は歪み、生命が全滅する可能性があった。

だから、せめてもと加護を彼女に与えた。

僕の加護は、全ての神獣たちにとって特別なもの。

彼らは加護を目印に、彼女を守るだろう。

そして、僕が彼女を心配していることを知った神獣たちは、彼女のもとに次々と眷属を送り込むはずだ。

眷属の中には、人が怖がる姿のものもいるから、気をつけてほしいな。

そう、他人事のように思う。

結局、僕には見守ることしかできない。

そんな我が身を、少しだけ呪った。

メリアがギルドをあとにして、しばらくした頃。

ギルドの受付嬢のカサリは依頼の受注作業を終え、ある男に今日の報告をしていた。

「なに、魔族だと？」

その男は彼女の報告を聞き、眉を顰める。カサリは静かに頷いた。

「ええ、なので、村長から銀メダル報酬が与えられる依頼が来ました」

「そんな危険なのか!?　わしの警備はどうなっとる!!　今すぐ冒険者にわしを守らせろ!!」

「いえ、魔族はすでにこの村から去っており、今は周囲に潜伏していないか捜索中です。報告は以上になりますので、失礼します！」

「なにぃ。使えないやつらめ。ふむ……だがこれはチャンスかもしれんなぁ」

男は妖しく、ぐふふと笑う。

彼はあまり運動していないようで、腹は樽のように膨らんでいる。

昼間から飲んでいたのか、アルコールの匂いが鼻をついた。

カサリは報告したあと、その異臭のする部屋から早足で出る。

先ほどの男は、フォルジャモン村のギルド長だ。

業務とはいえ、やつに報告するのは苦痛だとカサリは感じていた。

そして、そう思っているのは彼女だけではない。

それくらい、彼はギルド職員に嫌われている。

その男の名は、ブゥーヌ。

この村のギルドの責任者として、最近越してきた。

以前は大きな都市ギルドの副責任者だった。

しかし、女性の冒険者や受付嬢へ卑猥な言葉をかけたり、ボディタッチをしたりすることが多かったため、訴えられ、左遷された。

だがブゥーヌは、それを自身の才能に嫉妬した輩の仕業だと信じて疑わない。

そして、近いうちに本部へ返り咲いてみせると、野心を燃やしているのだ。

カサリは大きなため息を一つつくと、業務に戻るのだった。

第十一章　三匹の防戦、増える眷属

神様に呼ばれたあと私が目を覚ますと、フローとオニキス、アンバーが私を取り囲み、心配してくれた。

——大丈夫？　大丈夫？

——無理しないでください、主さま！

そう声をかけてくれるオニキスとアンバーに、私は微笑みかける。

「大丈夫だよー。今日一日でたくさんのことがあったから、家に着いて安心しちゃっただけ。心配かけてゴメンね、皆」

ソファに座り、オニキスとアンバーを抱き上げて、ぎゅーっと抱きしめる。

オニキスの羽毛と、アンバーのふわふわな毛が気持ちいい。

——心配した！

——主さま、本当にご無事なのですね。よかった。

オニキスとアンバーが、順番にそう言ってくれる。思わず頬が緩んだ。

「あーもう、本気で癒される……しばらく引きこもってのんびりしようねー」

——そうですわね。のんびり過ごしましょう。

そう言ったアンバーを含む三匹の目が、キラリと光ったのを、私は見ていなかった。


……そしてその翌日。私は魔族どころではなくなっていた。

——あげる、あげる！

オニキスの声で朝起きると、枕元に卵が一つ落ちていた。

どうやら、オニキスが卵を産んだらしい。

なんの躊躇いもなく私に渡してくるけれど、情はないのかと思ってしまう。

あ、でも、無精卵だし、子どもは産まれないからいいのかな？　そもそも、オニキスって雌なの？　いやでも、鶏冠が大きいよ？

と、疑問が次々と浮かんできて、思わずオニキスのプリプリしたお尻を見つめた。

——いらない？

首を傾げて尋ねてくる、あどけないオニキス。

これは、善意百パーセントの行為だ。

私はごくりと唾を呑み込んで、つっこみたいのを抑え込み、笑顔でお礼を告げた。

「ううん、ありがとう」

まだほのかにあたたかいそれを見ていると、脳内辞書が教えてくれる。

オニキス　神獣の眷属　性別ー無

体調ー良好　属性：闇

スキル：巨大化

《神獣の眷属の卵（無精卵）ー食べれば、十年は寿命が延びるとされる卵。中身は大変美味で、不老不死の薬の材料として使われる。無精卵なので、あたためても孵らない。殻は武器や防具に使うと防御が増す》

……寿命が十年延びる上、不老不死の薬の材料なのか。

あまりに貴重で、誰かに知られれば恐ろしいことになりそうだとクラクラする。

殻は武器や防具の強化に使えるようなので、こちらの性能はありがたい。

オニキスは、嬉しそうな顔で私を見上げる。

——嬉しい？　嬉しい？

「う、うん、嬉しいよ。ありがとう……でも、いいの？」

――栄養バッチリ！　これから月一で産む。
……どう考えても超レアモノの素材が、一ヶ月に一つ手に入るようです。
この卵をこれからどうするか悩んでいるうちに、一日が過ぎてしまった。
考え抜いた結果、卵は必要になる時までアイテムボックスに封印することにしました。
ここなら、誰かに盗まれたり狙われたりしないし安全だよね。
卵を入れてホッとした途端、フローが側に寄ってきて言った。
――ご主人様。なんか目が変。
「え？　あ、本当だ。目が濁ってる！」
いつもルビーのようなフローの瞳が、ピンク色に濁っているのだ。
それに、なぜかフローは身体を私に押しつけてくる。
――身体、ムズムズする。
「もしかして……脱皮前？」
――お水入りたい。
フローは、少し辛そうだ。
多分脱皮だろうけど、変な病気とかだと困るので、辞書に頼ろう。
蛇の脱皮について、脳内辞書に教えてもらう。
えーと、フローみたいに小さい子は二、三週間に一回は脱皮があるらしい。

そうなの⁉　今までなかったのは、新しい環境で緊張していたからなのかな。

皮は湿気があると脱ぎやすくなるから、お水に入りたがるのか。

なら、お鍋に水を入れて……

「フロー、お水だよ。入っていいよ」

フローにそう言うと、すぐさまパシャンと水の中へ。

ハラハラしている私の一方で、フローは落ち着いた様子で、お鍋に身体を押しつけスリスリしている。

その後、自分で水の中から出てくると、頭の皮が少し剝けていた。

そこから、ズルズルと全身を出していく。

手伝いたくなる気持ちを抑えつつ、二十分くらい見守ると、皮は尻尾まで綺麗に外れた。

――ご主人様。スッキリした。

「あーうん、よかったね」

脱皮したフローの鱗は、綺麗にキラキラと輝いている。

それを見て、成長したんだなぁと少し感動した。

だが、爆弾はこのあと落とされた。

――この皮はご主人様にあげるね。

「あ、ありがとう……」

脳内辞書が、何も言わなくても働く。そして、その価値がとんでもないことがわかった。

《神獣の眷属の脱いだ皮―悪意を跳ね返す能力のある皮。神具にも使用される。武器や防具に使うと、魔法を跳ね返す能力が加わる》

考えた結果、これもオニキスの卵と同じく、封印だ。

ふと気づくと、もう夕方。

なんだかのんびり過ごすはずが二日続けて思いがけない出来事があったなぁと、フローとオニキス、アンバーを撫でながら思う。

明日は、普通にのんびり過ごせるといいなぁ。

アンバーとオニキスの温もりで落ち着いたのかウトウトするので、そのまま眠ることにしたのだった。

メリアがぐっすり眠ってしまったあと。
――もうすぐ？
フローが尋ねると、オニキスが頷く。
――来るよ、来るよ。

――明日の朝には着くそうです。お疲れ様でした。

アンバーの台詞に、フローは安心したように言った。

――癒し、これから必要だよね。

――守り固める、大事。

――ええ。

オニキスとアンバーも、フローの言葉に同意する。

三匹は自分たちの長に、メリアを守れる存在がもっと必要だと、こっそり連絡していたのだ。

これからのことを考えれば、彼女を守るには力が足りないと、彼らは神から伝えられていた。

だからメリアを外に出さないよう、フローとオニキスはそれぞれ脱皮と産卵をわざと行った。

もちろん、二匹にとって最もよいタイミングだったけれど、神はその偶然を利用し、作戦を立てた。

作戦はうまくいき、神から新しくメリアを守る存在が明日来ると告げられたのだった。

応援が早く来てくれることに、三匹はホッとする。

そして、彼らはメリアに寄り添うように眠りについたのだった。

翌日、私は三匹に起こされて目が覚めた。

――主さま。参りましたわ。

――来た、来た。

――扉の向こうにいる。

アンバー、オニキス、フローの順番にそう言う。

「ううーん……。来たって……誰が？」

まだ眠たいけど、三匹がこんなにも嬉しそうなのは初めてだ。起きよう。

――早く、早く。

オニキスがそう言いながら、私を先導する。

――会えばわかりますわ！

アンバーもピョンピョン跳ねて、私を急かした。

いつも通りフローを腕に巻きつけて、私は三匹についていく。

玄関にたどり着くと、三匹は「早く開けて！」と言った。

仕方ないなぁと扉を開けると……そこにいたのはモコモコした綿のような羊と、牛乳のパッケージでしか見たことのない白黒の牛。

そして、牛の頭に乗っているのは、兎と見間違うほど大きなモルモット。

「…………」

一気に目が覚めた。

六つのつぶらな瞳が、私を映し出している。

……えっと、フロー？　オニキス？　アンバー？

もしかしてこの三匹を、私に会わせたかったのかな？　家族になってくれるのかな？

「えーと。君たちも、私と一緒にいてくれるの？　家族になってくれるのかな？」

そう聞くと、こくりと頷いて再び私を見つめる三匹。

この子たちもきっと、フローたちと同じ眷属。と、いうことは……

「羊の子はセラフィ。牛さんはラリマー。モルモットくんはルビー」

私が名前をつけてあげると、三匹は元気に話し出す。

まず最初に口を開いたのは、モルモットのルビーくん。

——いやーあんたが主さんか！　わし、火を司る神獣の眷属ですねん、よろしゅう！

——ぼく～草～。よろしくね～。

次にそう言ったのは、牛のラリマー。

——妾は癒しの眷属、そなたの側にいる者に頼まれ参った。

最後に自己紹介してくれたのは、羊のセラフィだ。

ルビーくんは元気がいい。口調が関西弁みたいだな。

ラリマーはのんびりしてて、セラフィはどことなく偉そうな感じがするけど……どの子も可愛い。

それにしても、セラフィがこの子たちに頼まれたって言ってるけど、どういうことだろう……？

一番答えてくれそうな、フローに聞く。

「どうしてこの子たちをここに呼んだの？」

――僕だけじゃ守れない。けが治せない。

フローがそう答えたあと、オニキスが心配そうに聞く。

――勝手なことした？　怒る？　怒る？

「怒らないよ」

私は全然気にしていないんだけれど、アンバーは誤解したみたいで慌て始めた。

――主さま、申し訳ありません。ですが、これも主さまのためにっ。

「ああ、責めてないよ？　むしろ可愛い子たちが増えて、とても嬉しいよ？　皆にも心配かけてたんだねぇ。ごめんね、ありがとう」

皆、倒れたのをまだ気にしてくれてたんだね。皆の善意は本当に嬉しい。

家族がいっぱい増えたから、これから賑やかになるんだろうな。

……って、問題発生！

モルモットのルビーくんはともかく、ラリマーとセラフィは家の中には入れない!!

私が慌てたのがわかったのか、セラフィが聞く。

――如何した、妾の主？

「うちの家に、セラフィやラリマーみたいな大きい子、入れないなぁって。どうしよう？」

すると、ラリマーがのんびりと答えた。

――それなら～大丈夫～。

――心配性よの、妾の主。大丈夫じゃ。

セラフィーも穏やかにそう言ってくれる。

すると、二匹はぽんっと音を立てて小さくなった。

サイズは大型の犬くらいだが、家に入る分には困らない。

なにより、可愛い……

そう思っていたら、二匹はまたすぐに元のサイズに戻ってしまった。残念。

――でも～大きいほうが～楽だから～……

――妾の主、この庭のスペース、少しお借りしていいか？

ラリマーとセラフィは、そう尋ねる。

「あ、うん、全然使ってないからいいよ」

私がそう答えてすぐに、ラリマーが「んもぉ～～～」と叫び、蹄でガッガッと土を蹴り上げた。

すると地面から芽が出て、早送りのようにぐんぐん木が育つ。

一瞬で四本の木が正方形の角の位置に生え、まるで腕のように枝を伸ばし、互いに絡み合う。

それは、屋根がついた天然の小屋のようだ。

その上、小屋の地面には乾燥した藁が敷きつめられていた。いつの間に敷いたのだろう。

「凄い……」

思わず声を漏らした。

——これでのびのびと眠れるのう。

——うんうん～。

セラフィの言葉に、ラリマーは頷く。

こんなにあっという間に小屋が出来上がるなんて……そういえばここは異世界だったなぁって、改めて思った。

ふと、皆を見る。

どことなく、家畜扱いされそうなメンバーだと失礼ながら感じた。

間違って狩られないようにしなきゃなぁ……とアイテムボックスを見ると、リボンが入っていた。

そういえば、市場でアンバー用にリボンを買ったんだった。

……そうだ!!　いいこと思いついた!

「皆、ちょっと待っててね!!」

私は急いで家の中に戻る。そして、鍛冶の用意をしてっと。

——ちょっとまちぃや、主さんよぉ。

とことこと二足歩行でやってきたのはルビーくんだ。

っていうか、二足歩行できるんだ。可愛いけど、シュールぅ。

「な、なにかな？」

——なんか作るんやろ？　わしが手伝ったるわ！　わしの炎を使ったら、ただの炎よりずっといいものができるんやで！

「そうなの？　ならお願いしようかな！」

ルビーくんは両脇から黒い石のようなものを取り出し、カッカと打ち鳴らした。

すると、ボッと炉に火がつく。

「おぉ！　ありがとう」

——凄いやろ!!

「うん！　凄いね」

さて、じゃあ作ろうかな。作るのはミスリルの鈴だ。

身体が細いフローには、魔法のリングを作ろうっと。

家族のためなら、アイテムボックスに封印したオニキスの卵の殻とフローの脱皮を使っても大丈夫だよね。

オニキスの卵の中身は別容器に入れ直して、アイテムボックスにぽいっ！

オニキスの卵の殻とフローの脱皮、それからミスリルを合わせる。

それから一つ一つ丁寧に想いを込めて鈴の形を作り、炉の中に入れる。

皆、気に入ってくれるといいなぁ。

しばらく待ったあと炎の中から取り出し、それをハンマーで打つ。

カンカンといい音が鳴り響き、最後に水をかける。

すると、思い描いていた通りの鈴とリングが出来上がった。

《共鳴の鈴（とリング）ーメリアの希望に素材が応え、出来上がった品。攻撃力、防御力ともに二パーセント上昇。　スキル：共鳴を得る。　共鳴：普段は鳴らないが、一つが攻撃を受けると他の鈴が鳴る。リングの場合は振動が伝わる》

誰か一人が攻撃を受けたら、これを持つ皆に知らされる仕組み。

これで、何か危険があった時は、すぐ助けられる！

サテンのリボンと刺繍のリボンを鈴にそれぞれつけて、完成っ！

「皆、お待たせ!!」

私が庭に戻ると、フローとアンバーが心配そうに近寄ってきた。

——ご主人様？　どうしたの？

——突然、走り去ってしまったから心配したのですよ？

「ふふ、新しい仲間が増えた記念にね、皆にアクセサリーを作ったの！　順番につけるね！」

まずは、フローの尻尾にリングをはめる。

ブカブカだったはずのリングがフローの身体に合わせてキュッと締まり、ブンブンと振っても落ちなくなった。

——ありがとう、ご主人様。とっても嬉しい!!

次にオニキス。白い刺繍のリボンを首に結ぶが、少し歪んでしまったので一度外そうとしたのだけれど……取れないっ！

——オニキスの！　とったらだめ!!

「歪んでるから直したいだけだよ？」

そう言うと、するりと外れた。

このアクセサリー、つけている子が外そうとしないと、とれないようになっているらしい。

それからアンバーだ。サテンのリボンの中央には、小さな琥珀色の飾りをつけた。アンバーに似合うと思って買ったものだ。

「お土産、遅くなってごめんね。よく似合ってるよ」

——とっても嬉しいです、主さま。大事にします。

残りの三匹にもつけてあげようとすると、ぬっと首を出してアピールする子がいた。セラフィだ。

——妾が先ですわ！　早うつけてくださいまし!!

セラフィは前脚でカンカンッと地面を鳴らして催促する。

セラフィにつけるのも、サテンのリボンだ。

ふわふわの毛にサテンのリボンが加わって、愛らしさが増した。

セラフィは首をフリフリと振り、既につけ終わっていた三匹に「どう似合う？」と嬉しそうに見せていた。

残ったルビーくんとラリマーは、争うことなくのんびり待っている。

「ルビーくん、手伝ってくれてありがとうね」

――いいってことよ！

「ラリマー、最後まで待ってくれてありがとう。これからよろしくね」

――いいよぉ。待つのは得意なんだぁ～。

二人にも無事リボンを結び終えた。

ふふ。皆、よく似合ってる。

「これからよろしくね!!」

そう言うと、皆も頷いてくれた。

うーん、一気に家族が増えて、家が賑やかになったなぁ。

そういえば、村はどうなったんだろう？

魔族のことも気になるんだよね。守ってくれたあの人が、悪い人だとはやっぱり思えないし。

明日行ってみようかな？

お店に来る人もほとんどいないから、情報も入ってこないし。

よし、やっぱり行こう!!

第十二章　ギルド長の野望

セラフィとラリマー、ルビーくんがやってきた翌日。

私が村へ行くことを告げると、眷属の皆にそれはもう酷く猛反対された。

それはそうだろう。初めて参加した市場で、あんなトラブルになるなんて思ってもみなかったし。

でもやっぱり行きたいと強く伝えると、しぶしぶ受け入れてくれた。

フローとオニキスが同行するのは大前提で、追加の護衛役としてアンバーとルビーくんも連れていくという条件つきだったが。

アンバーとルビーくんを連れて歩くには目立ちそうだと言うと、アンバーは仔兎の姿に、ルビーくんはハムスターほどの大きさに変わった。

「か、可愛いーー!!」

小さいアンバーはもちろんだが、ハムスターのようなルビーくんにもときめき、手のひらにのせる。

——主さま。嬉しいですが、怖いですの。

アンバーが震えながらそう言うと、ルビーくんもぶんぶん首を縦に振った。

——や、やめろよー!!

その可愛さに、より目が輝く。思わず頬ずりした。

アンバーとルビーくんが小さい手で必死にはね除けようとするのが余計に可愛くて、ついつい構ってしまう。

でも、嫌われたくないのでしぶしぶやめた。

……二匹とも、もふもふしてた。

小さいおててはぷにっとしていて……これは気持ちいい。帰ったら、また抱っこさせてもらおう。

このサイズなら、ポケットの中に入れられるなぁと、ポケットがある長めのベストを取り出した。

さらに、このベストはフードつきなので、ここにオニキスが入れることも可能だ！

いざ二匹にポケットに入ってもらったが、埃っぽくて暗く、あまり居心地はよくないとのこと。

残念だが、ポケットに入れるのは諦めることにした。

代わりに、二匹が入れる大きさの籠を用意して、そこに綿を詰めた。

その中は居心地がいいらしいので、これで行こう。

籠からちょこんと顔を出すの、可愛い。写真撮りたい。写真。

私は新しい家族に和みつつ、村へ向かう準備をしたのだった。

メリアが眷属たちとのんびりしている頃。

フォルジャモン村のギルドでは、マルクの怒号が響き渡っていた。

「何を考えているんだ！　そいつらは恐喝の犯罪者だぞ!!」

「おお、怖い。証拠もないのに犯罪者扱いをするなど、良識のある男がすることではないぞ。ギルドの規則にもないなぁ」

ニヤニヤと笑ってそう答えるのは、ギルド長のブゥーヌ。

ブゥーヌは、あろうことかメリアを脅した男たちを地下牢から連れていこうとしているのだ。

それを見て、ジャンも声を荒らげる。

「彼らの処罰について、ギルド本部の意見を待っているところなのですよ！　今連れ出されると困ります！」

「あー、こいつらがやった証拠はないから、わしの一存でなかったことにしたぞ」

「なにぃ」

マルクは眉を顰めたが、ブゥーヌは素知らぬフリをして、男たちとともにギルドから出ていく。

「さすがブゥーヌ様。おかげで助かりましたぜ」

メリアを襲った男の一人――ジャマンはブゥーヌにすり寄る。

ジャマンの仲間の男も、それに同意した。

「あのまま冷や飯を食わされていたかと思うと、腸が煮えくり返りそうだったからなぁ」

「ぐふふ。なぁーに、わしの権力をもってすれば、これくらい……それより、例の少女がいたら、わしのもとにちゃんと連れてくるのだぞ！」

ブゥーヌはジャマンたちの態度に気をよくして、大きな声でそう言う。

ジャマンも、ニヤニヤと頷いた。

「へへ、わかってますよ。その代わり、分け前はちゃーんと……」

「ふん。わかっておる！　……それにのぅ、わしも、あの若造……マルクに一泡吹かせてやれて気分がいいわ！」

下卑た笑みを浮かべるジャマンをチラリと見て、ブゥーヌはほくそ笑んだ。

数日前、ブゥーヌはカサリに報告を受けたあと、本当に魔族がいたのかジャマンのもとへ尋ねに行った。

そこで、魔族よりも面白いことを聞いたのだ。

それは、ミスリルの武器や防具を作る少女の話。

彼女はミスリルの武器を、なんとたったの３００００Ｂで市場で売ったという。

その娘を使えば、富が手に入るだろう。

ブゥーヌはジャマンにそう唆され、その少女の顔を知るジャマンとその取り巻きを解放し、自身のボディガードとして雇ったのだ。

予想通り、マルクやジャンからは反論されたが、彼らは強く出ることはできない。

なぜなら、彼らは実際にジャマンたちがメリアを襲った現場を見たわけではないからだ。

それに、悪名高いとはいえ、ジャマンたちは腕の立つ冒険者。ギルドへの貢献度も高い。

一方のメリアは冒険者登録したばかりで、まだなんの成果も上げていない。

ギルド本部は双方の立場を鑑みて処罰を下すため、ジャマンたちのほうが条件だけなら圧倒的に有利。冒険者同士の口喧嘩程度なら日常茶飯事であることもあり、重い罰が彼らに与えられるとは考えにくい。

現時点では、完全にメリアの肩を持ち、ジャマンたちを地下牢に入れておくには証拠が足りないのであった。

ブゥーヌは、それをよくわかっている。

マルクとジャンの苦虫を噛み潰したような顔を思い出して、ブゥーヌは大声を上げて笑った。

ジャマンたちも、わはははと笑う。

悪巧みをしながら笑う男たちは、それを見ている影に気づくことはなかった。

男たちを見ていた影の正体——それはリクロスの従者である、無表情な男であった。

またリクロスが抜け出したため、主の行方を捜していたのだ。

そこで、リクロスが興味を持った少女の周囲を探っていた。

その途中で、メリアを脅した者たちを見つけたのだった。

……人というのは、愚かだな。

男は一人、影に潜り思う。

身の丈に合わぬものをほしがり、他者を貶めることに罪悪感を抱かない。

なんて、醜悪な生き物なのだろう、と。

そんな存在に興味を持った、自身の主人が信じられなかった。

しかも、彼女は神獣の眷属とともに行動しているという。

神獣が、一人の人間に執着する？　どんな冗談だ。

それこそ、彼女が現世に現れた生き神でもないと、納得がいかない。

そう思いつつも、従者の男はふと考えた。

……だが、主人に会ったら、このことを報告してもいいかもしれぬ。彼が気に入っている少女を助けられれば、喜んでくれるかもしれない。

自身の幼い時、主人に褒められた記憶を思い出す。

彼はまた、主人を捜すために動き出した。

眷属たちと戯れていると、気づいたら結構時間が経ってしまっていた。
村へは、市場の時同様オニキスに乗っていく。
オニキスは私を乗せて、空高く羽ばたいた。
気持ちいい風を感じていると……私はふと、あることを思い出して叫ぶ。
「あー!!」
——なんだよっ！　突然大声出して!?
籠に入れたルビーくんが、びっくりして目をぱちくりしている。
——なにごと!?　なにごと!?
私が突然大声を出したせいで、オニキスは軽くパニックになってしまったようだ。
オニキスはジグザグに動き、暴れる。
私はバランスを崩して足を滑らせ、空へと投げ出されてしまった。
「え、あ、あ……きゃ、きゃぁーーーー!!!」
——主さま!!
——主さんっ!!
アンバーとルビーくんの、悲痛な叫びが聞こえる。

落ちていく感覚。目の前に地面が迫り、死を覚悟した。

その時、フローが袖口から顔を出し、シャーーッと鳴く。

すると、フローの声に合わせて空中の水が集まり、巨大なクッションのような塊になった。

私はそれに受け止められる。水のクッションは、ばしゃりと音を立てて消えた。

全身びっしょりと濡れてしまったが、あとでアイテムボックスの中に入れた服に着替えよう。

「ごめんね、フロー……ありがとう」

――大丈夫？　痛くない？

「うん、大丈夫。フローは？　どこも痛くない？」

――ない！　大丈夫!!

とりあえず動かずにいれば、オニキスが迎えに来てくれるだろう。

辺りを見回すと、ここは家と村のちょうど中間にある林のようだ。

人通りは多くないので、岩陰に隠れて着替えよう。

このままだと、風邪を引きそう――

「やぁ、こんにちは。随分びしょ濡れだねぇ」

「リクロス！」

物陰から現れたのは、あの時会った魔族の青年だ。

彼がパチンと指を鳴らすと、私の服は一瞬で乾いた。

「あ、ありがとう。この間のことも、今日も」

「どういたしまして……？」

私がお礼を言うと、リクロスはわけがわからないという顔をする。

「前もそうだったけど、君は僕が怖くないの？」

「なんで？」

「僕、魔族だよ？」

「うん、だから？　あなたは私を二回も助けてくれた。そんな人を怖がるなんて失礼な真似、私はしたくないよ。それに、あなたは私を襲うの？」

「うーん、いいや？」

リクロスはそう言いながら、口角を上げた。そして、何かを思い出したように再び口を開く。

「そういえば、君に聞きたかったんだ」

「なあに？」

「どうして君は、眷属様を連れてるの？」

「え……わかるの？」

「ぱっと見は、家畜や魔物に見えるだろう。だが、見る人が見れば一目でわかる。眷属様はこの世界の生き物とは、全く違う理で動いているからねぇ。僕には、眷属様は光り輝いているように見えるんだよね。……そして、君もね」

「え、そうなの？」

リクロスにそう言われて、どきりとする。

きっと私が他の人と違うように見えるのは、私が異世界人だからだろう。神様の特別なスキルのせいかもしれない。

彼は動揺した私を静かに見つめている。躊躇ってから、ゆっくり重い口を開いた。

「んー……誰にも言わない？」

「僕は自分の興味があることに関して妥協はしないが……知ったことを他人に言いふらす趣味はないさ。ましてやレディの秘密をバラすような真似はしない」

そう断言するリクロス。それを聞いて、私は彼に異世界人であることを伝えたいと思った。

「私はこの世界の人じゃないの」

そう告げても、彼は大きな反応をしなかった。まるで世間話のように聞いてくれる。

「へぇ。じゃあ、この眷属様は？」

「多分、神様が私を気にしてくれてるから、送ってくれたんだよ」

——フローは、ご主人様に会えて嬉しい。

「私もだよ、フロー」

私がフローにそう答えると、リクロスは興味深げに目を細めた。

「彼らと意思の疎通ができるのか」

「はい」

「なら、なんで、この子は君が僕に近づくことを止めないんだい？」

――神様が生み出した命はどれも等しい価値を持つ。知ってる。

フローがそう私に言う。それを伝えると、リクロスは自虐的に笑った。

「はは。己を生み出した神を呪う魔族にも、スキルを与えられるのはそういうことか」

くくと笑うリクロスがどこか切なそうに見えて、私は思わず彼の頭を撫でる。

「な、なにを」

「嫌だった？」

驚いた様子のリクロスに聞くと、「嫌ではない、もっと撫でろ」と強請った。

私はふふっと微笑んで、彼の頭をもう一度撫でる。

どこか穏やかな時間が、ゆったりと続いた。

しばらくすると黒い影が降り立ち、その時間は遮られる。

オニキスが私を捜しに来たのだ。ルビーくんとアンバーもいる。

――ごめん、ごめん。

シュンとした様子のオニキスに私は寄り添い、謝る。

「ごめんね、オニキス。私が突然大声を出したから」

――驚いた。落ちた。バランス崩した。

「違うよ、私が悪いの。皆とお揃いで作ったアクセサリーを私がつけてないことを思い出して、大声を出してしまったの」

あれは絆だから、私もつけて、留守番している子たちを安心させたかったのに。

――怒ってない？　けがない？

「怒るわけないよ。私のせいだもの。ごめん、ごめんね……」

オニキスは何も悪くないのに、自分を責めている。

それが申し訳なくて、そして愛しく思える。

オニキスをぎゅっと抱きしめると、ポロポロと涙がこぼれた。

「今日はもう帰ろう。リクロス、またね」

「ああ。いい時間だった」

私が言うと、リクロスは納得した様子で別れを告げて、そのまま去っていった。

すると、オニキスが問いかけてくる。

――オニキス、乗る？

「もちろん。……それともオニキスは、もう私に乗ってほしくない？」

――……怖さ、ある。でも、乗る。オニキス嬉しい。嬉しい。

「オニキス……ありがとう。じゃあ、帰ろっか。明日また出直そう」

私が乗ったのを確認して、オニキスはパタパタと飛んでいく。

「オニキスの上は気持ちいいね」と首元を撫でると、オニキスは嬉しそうな声で鳴いた。

そして、ルビーくんとアンバーも、出かける前は嫌だと言っていたポケットに入ってきた。

自分たちが離れなければ、こんなに心配しなかったと思っているのかもしれない……

迂闊な行動で皆を心配させたことを後悔しながら、もう二度とオニキスの上で大声を出さないと心に誓った。


——早かったねぇ～。


家に着いて、一番に出迎えてくれたのはラリマーだった。

ラリマーを見ると、ぽわぽわと陽だまりのようなあたたかさに包まれる気がする。

おかげで、他の家族たちも少し落ち着きを取り戻したようだ。

それにホッとしながら、「実はね……」と私は先ほどのことを話した。

すると、ラリマーは数分沈黙したのち、私たちに提案した。


——ぼくに～乗る～？　ぼくなら～落ちても～けがしないし～。

けれど、オニキスが凄い勢いで反論する。

——ダメ！　乗るの！　オニキス、乗る！

——え～決めるのは～マスターだよ～。


オニキスとラリマーが私のほうを向く。四つの目がじっと私を見つめていた。

私は酷く頭を悩ませながら、苦笑いするしかなかったのだった。

第十三章　攫われたメリア

翌日、私は再度村へ出かけるために準備をした。

もちろん、皆とのお揃いのアクセサリーをつけて。

——じゃあ～いくよ～。

「うん、お願いね」

——おいせ～よいせ～。

結局、今日はラリマーの草の能力で牛車を作ってもらい、引いてもらうことにしたのだった。

そう伝えた時オニキスは悲しんだが、「オニキスには、私と一緒に荷車に乗ってほしい。一緒にいろんなものを見よう」と伝えると、目に光を取り戻した。今は私の膝の上でご機嫌だ。

もちろん、フローとアンバー、ルビーくんも一緒。

しかし……歩みが遅い。牛はのんびりだというけれど、本当に遅い。

もう二時間も歩いているのに、まだ四分の三ほどしか進んでいない。

……平安時代の貴族って、牛車に乗ってたんだよね？　こんなゆっくりだったのかな……

村に着いたのは、昼の鐘が鳴った頃だった。

自分で提案したとはいえ、のんびりすぎて疲れた。

ラリマーは目立つので、私が以前泊まった宿、『猫の目亭』の馬小屋を借りて待っててもらうことにした。そのついでに、昼食もいただく。

久々に食べた、ヴォーグさんのご飯は美味しい。

皆に分け与えていると、ミィナちゃんがやってきた。

ミィナちゃんはもふもふたちを羨ましそうに見ていたので、皆に許可をもらって触らせてあげる。

「ふわふわ～」と嬉しそうに触る姿は年相応で、可愛らしい。

そこで、オニキス、アンバー、ルビーくんはミィナちゃんに見てもらうことにした。

今から私はギルドに行ってジャンさんと話をしたい。三匹は私から離れるのを嫌がったけど、あんまりたくさん連れていくと目立ちすぎちゃうからね。

私は食事をとり終えると、フローとともにギルドへ向かった。

宿の向かいのギルドには、すぐに着いた。中に入り辺りを見回すけれど、ジャンさんはいないようだ。

「うーん、困ったなあ……」

私がどうしようか悩んでいると、一つの部屋から、見たことのない男の人が出てくる。

その人はでっぷりと太っていて、昼間なのにお酒のにおいを漂わせていた。

「お嬢さん、何かご用かな？」

「えっと……あなたは？」

そう聞くと、その男性はニヤリと口を歪めて私を手招く。

「わしはここのギルド長のブゥーヌだ。さあ、こっちの部屋で話を聞こう」

ギルド長さんなんだ。私は安心して、その部屋に入った。

そして、扉が閉じた途端――

「――っ!!」

私は後ろから口をふさがれ、すぐに意識を失ってしまった。


う……ここは……？

目を開けると、見知らぬ小屋にいた。床にはところどころ穴があいており、なんの手入れもされていないことがわかる。

近くに川があるのか、水が流れる音が聞こえた。

足と手首が固定されていて、動けない。

――ご主人様！　起きた!!　大丈夫？

口を開いたけれど、声が出ないことに気がついた。

首に違和感があるから、それが原因かもしれない。

仕方がないので、口パクでフローに声をかけた。

「(こ・こ・は?)」

――わからない。森……?

少しずつ、何があったのか思い出す。

そうだ、あの時……フロー以外の子をミィナちゃんに任せて、ギルドに顔を出したんだ。

そしたら、ギルド長とかいう人に呼ばれて、部屋に入ったら口をふさがれて……そのまま気絶してしまったんだ。そして、ここに連れてこられたのだろう。

フローは、とりあえず私のポケットに隠れていたとのことなので、バレなかったようだ。

――ご主人様、逃げる?

あの時、私を攫うことができたのはギルド長だというあの男だけだ。

逃げるのも一つの手だけれど、なぜ会ったことのない私を攫ったのか知りたかった。

それに、フローだけでは犯人が複数人いた場合、対応しきれないかもしれない……それならば。

賭けにはなるけれど、私はフローに一つの提案をした。

「(この近くに川がある。フローは他の皆を連れてきて)」

――でも、ご主人様を守れないよ?

「(大丈夫。お願い)」

――わかった。

フローの水の能力があれば、川を渡ってすぐに皆を連れてきてくれるはず。

共鳴のリングがあるから、私の身に何かあった時はわかるだろう。

ギルド長の目的はわからないけれど、殺さずに攫ってきたということは、私を生かしておく必要があるということだ。

ならば少しでも時間を稼いで、フローが皆を連れてきてくれるのを待とう。

フローに、あいた壁の隙間から逃げてもらう。

「(お・ね・が・い・ね)」

フローがこくんと頷いた気がした。

改めて自分が閉じ込められた場所を見る。壁も床もボロボロで、埃が積もっている。

足跡がまだらにあるから、複数犯の可能性が高い。

足がロープで縛られているのが見えた。手首を縛っているのもロープかもしれない。

それならば、アイテムボックスに入っている苦無を使えば、一人でも切れる可能性は十分ある。

……入れておいてよかった。

苦無を取り出そうとした時、ドスドスと複数人の歩く音が聞こえた。床が軋む音もする。

部屋のドアが開く前に咄嗟に目を瞑り、寝ているフリをした。

その直後、何人かの男が入ってくる。

「まだ目が覚めてないのか」

「起こしやすかい？」

「ふん。どうせ、このあと死ぬほど辛い目に遭うんだ。ほっとけ」

どうやらここにいる男は二人。しばらくすると、さらに一人入ってきた。

うっすらと目を細めて、その様子を見る。

彼らは私が起きていることに、まだ気づいていないようだ。

最後に入ってきた男は、私のかばんを持っている。……あれ？　この人たち、どこかで見た顔をしてる。

その男が、仲間に向かって叫ぶ。

「ジャマン、こいつの荷物を探ったが、おかしいんだ」

「おかしい？　何がだ」

「こいつの持っているかばんは、マジックバッグだと言ってただろう？　ならもらおうと思ったんだが、これはマジックバッグなんかじゃない。ただのかばんだ」

「どういうことだ？　市場の時、こいつは確かにここから武器を出してたぞ？」

男たちは、私のかばんがただのかばんだということに気づいてしまったらしい。

それよりも、ジャマンという男……思い出した。

あの時の、カツアゲ犯だよね？　ギルドの牢に入れられたはずなのに、なぜここに？

私がそう考えている間に、ジャマンは舌打ちをして吐き捨てる。

「ちっ。しかたねぇ……おい、こいつを起こせ」

「いいんですかい？」

「ああ」

身体が宙に浮いたと思った瞬間、頬に強い衝撃を受けた。床に叩きつけられたのだ。

チカチカと眩暈がしたあと、焼けるような痛みが頬を襲う。

口の端を切ったのか、つぅーと血が流れた。

目を開け、キッと睨みつけると、ジャマンはニヤリと笑った。

「ふん。あの時素直に金出してりゃ、こんな痛い思いしなくて済んだのになぁ」

「(誰があんたなんかに！)」

「はっ！　もう少ししたら、ブゥーヌの旦那が来るからなぁ。そしたらいくらでも命乞いするがいいさ。おい、お前ら。その間にこいつを痛めつけてやれ」

そう言ってジャマンは部屋から出ていく。

「へへ……どうする？」

「そうだなぁ、まずは足からいっとくか？」

男の手が伸びてきてギュッと目を瞑った時、またドタバタと音がした。

「ブゥーヌの旦那がもう来やがった」

「ちぇ、残念だったな」

どうやら、私を連れてきた黒幕の登場のようだ。

入ってきたのは、先ほど私を呼んだギルド長のブゥーヌとかいう男。

ブゥーヌは私の横にしゃがみ込むと、問いかける。

「ミスリルの秘密を話してもらおうか」

「(嫌だ!)」

私の声はやはり音にならず、パクパクと口だけを動かす。

それを見たブゥーヌは眉を顰(ひそ)め、ジャマンに尋ねた。

「ふむ。声まで封じたのか?」

「へえ。なにせ、途中で目覚められたらやっかいですし」

「これではミスリルをどこで手に入れたのか、あの武器をどうやって作ったのか、聞くことができんではないか! とっとと喋(しゃべ)れるようにしろ」

「ちっ、わかりましたよ」

ブゥーヌの命令を受けて、ジャマンが首につけられていたものを外(はず)す。

脳内辞書によると、呪具(じゅぐ)だそうだ。こんなものをつけられていたなんて……

乱暴に外(はず)されたからか、まだ喉(のど)が痛む。それでも、心だけは負けないと彼らを睨(にら)みつけた。

私が黙り込んでいると、痺(しび)れを切らしてジャマンが声を荒らげる。

「おい、聞かれたことに答えろ」

「嫌。レディを攫(さら)って言うことを聞かせようなんて、紳士(しんし)の風上(かざかみ)にも置けないね!」

「誰がレディだか知らんが、いいか。世の中はなぁ、力が全てなんだよ。強いやつが弱いやつを搾取（さくしゅ）して、なにが悪い！　弱いやつが悪いんだ」

ジャマンが私の髪を掴み、無理やり顔を上げさせる。頬が熱を持ちズキズキと痛んだ。

「おら、とっとと話せ。嫁にいけねぇ身体になるぞ」

「グッゥ」

お腹をサンドバッグのように殴（なぐ）られ、苦しくて涙が出る。

痛い、苦しい、辛（つら）い……

でも、もう少ししたら、きっと皆が迎えに来てくれる。

フロー……皆、信じてるからね。何度殴（なぐ）られても、絶対にこんなやつらに負けない！

私がなかなか話そうとしないので、ブゥーヌは苛立（いらだ）ちながら言う。

「強情なやつだ。おい。わしはこんな埃（ほこり）っぽい場所にいつまでもいるほど暇じゃない。吐かせたら報告しに来い！　それとバンガー、お前も一緒に来い。道中に魔物が出るからな」

ブゥーヌとバンガーと呼ばれた男が、部屋から出ていった。

「けっ、人使いが荒（あれ）ぇ野郎だぜ」

不満げに呟（つぶや）きながら、ジャマンは私に見せつけるようにナイフを取り出す。

「早く喋（しゃべ）んねーと、その可愛い顔がグチャグチャの血だらけの傷だらけになるんだぜぇ……」

ジャマンはニヤニヤと笑いながら、私の頬にナイフの刃を当てた。

それでも口を開こうとしない私を見て舌打ちをすると、脅しじゃないとばかりに切りつける。

少し切られた程度のようで、痛みはない。

しかし、刃についた私の血が、頬から血が流れる感覚が、鉄っぽい匂いが、生々しい。

ジャマンが私を傷つけることなんて容易いのだと感じるには十分で、顔には出さずとも、本当は怖くてたまらなかった。

それでも、暴力に屈したくないという思いと、フローたちが絶対に助けに来るという希望が、私の心を支えてくれた。

「なんだぁ？　その目はよぉ!!」

ジャマンが大きく拳を振りかぶったその時、ガシャンッと大きな物音がした。

現れたのは、黒いフードを目深に被った男の人だった。

顔が見えないので、誰かはわからない。

けれど、ジャマンたちの顔は険しい。ということは、仲間ではない……？

「なんだ、てめぇ」

扉の側にいた一人の男が、フードの男の胸倉を掴み威嚇した。

しかしすぐに青ざめ、一歩二歩と後ろに下がる。まるで化け物でも見たかのように……

「あ、兄貴……」

男は怯えたように、ジャマンに助けを求める。

フードの男はそれを気にも留めず、黒いフードを外(はず)した。

露(あら)わになったのは、銀髪に褐色(かっしょく)の肌……そこに立っていたのは、まるで初めて出会った時のように、にこやかに微笑むリクロスだった。

「な、おま……なん………で」

先ほどまで、ニヤニヤと私が傷つけられるのを見ていた男が。

余裕たっぷりに私を殴(なぐ)っていたジャマンが。

たった一人の青年に怯(おび)えていた。

「やぁ、メリア。随分(ずいぶん)と痛ましい格好だね」

そんな彼らを気にする様子もなく、リクロスは私に話しかける。

「……そう、だね」

「彼らにやられたの？」

「うん」

「ふーん……」

にこやかな笑みはそのままに、リクロスの目が細くなる。

そして獲物(えもの)を見るように、ジャマンたちのほうを向いた。

次の瞬間、バキバキッという、まるで小枝を踏むような音がした。

それが、男の首が折れる音だとは、最初わからなかった。

「あ……にき……」

男は呆然としながらジャマンを見つめる。辺りに血の匂いが充満した。

それを見た、ジャマンが叫ぶ。

「なんでだよっ！　俺はただ、弱いやつから搾取するだけ、それだけのつもりだった!!　それなのに、なんで……なんでだよ。弱いやつから金をとることがなぜ悪い！　冒険者は強いやつが正義、それだけだ!!」

「ふーん……なら、僕が君たちから搾取するのも、当然だよね？　僕のほうが強いんだから」

リクロスがジャマンのほうへ足を進める。ジャマンは足を震わせながら、剣を構えた。

次の瞬間、ドサリとジャマンの両腕が落ちる。リクロスがジャマンの腕を斬り落としたのだと気づくのに、数秒かかった。

私には、リクロスがジャマンの隣をただ通り過ぎたようにしか見えなかったのに。

ジャマンの腕の断面からは、不思議なことに血が流れていなかった。

「う、うわぁあああああ！　俺の、俺の腕がぁ!!」

ジャマンの絶叫が、鼓膜を揺さぶる。

リクロスは私に近づき、顔を歪ませた。

「あの時、あいつを殺しておけばよかった」

私の腫れた頬に優しく触れながら、ポツリとリクロスは言った。

そして、彼は私の目の前から姿を消す。その瞬間、思わず叫んだ。

「だめ！　殺さないでっ!!」

痛みと絶望に叫ぶジャマンの首に、リクロスは手を伸ばした。

けれど彼は私の声に答え、ピタリと動きを止める。

「私は、大丈夫だから……」

ホッとして微笑む私に背を向けて、リクロスは言う。

「いつもの眷属様はどうしたの？　僕には癒しの能力がないから、痛みをとってあげられない……」

「皆と別行動の時を狙われたの。でも、もうすぐ来てくれると思う」

「そう」

背を向けたままのリクロスに、私は縄を外してほしいと頼む。

リクロスは「ああ」と答えると、あっという間に縄をほどいてくれた。

「ありがとう……助けに来てくれて」

「……」

身体が動けるようになったことと、リクロスという味方が来てくれたからだろう。

未だに叫び続けるジャマンを見ても、不思議なことに恐怖を感じない。

そのままにしておくわけにはいかないだろうと、リクロスに声をかけた。

「ジャマンはどうなるの？　不思議なことに血も出てないし……」

「綺麗に斬れたからね。まだ身体が斬られたことに気づいてない。でも、もうすぐ出てくるよ。そしたら出血多量で死ぬかもね」

その言葉にハッとして、リクロスを見つめる。

「どうしたら助けられるの……⁉」

「いいじゃない。彼は君を傷つけた」

「で、でも……」

戸惑っていると、リクロスはなぜか寂しげな目で私を見つめる。

「……ああ、そうなのか。君は、誰にでも優しいんだね」

「リクロス……？」

冷たい声とともに、ポウッとジャマンの腕の断面が燃える。リクロスが火を出現させたのだ。

生きながら燃える痛みに、ジャマンはまた絶叫を上げた。吐き気を催す匂いが充満する。

焦る私とは対照的に、リクロスは冷静に火を消した。

「これで血は流れない。これで死なない」

「へ、へへ……あはは……」

あまりの暴論に、私は苦笑いするしかない。

ぺたりと座り込み、光のない目で感情もなく、ただ笑うジャマン。

腕がなくなった上に燃やされ、ジャマンの心は砕け散ったようだ。

それは、死よりも残酷な刑なのかもしれない。

彼が冒険者として生きることは、もうできないのだから。

それを見ながら、リクロスは私に問う。

「君が優しいのは知っているよ。でも、彼の死をなぜ望まないの？」

「私……優しくない……」

残酷に首を折られ息絶えた男を見ても、腕を失い心が壊れたジャマンを見ても、可哀想だとは思わなかった。むしろ、ザマアミロと感じているかもしれない。

そんな自身の心を隠すように首を横に振る。

それなら、私はどうして、リクロスがジャマンを殺そうとしたのを止めたのだろう。

表向きの理由は、リクロスのためだ。

魔族が人を殺したとなれば、彼は今よりも追われる身になるはずだ。

私は、リクロスを悪い存在だとは思えない。

ただでさえ疎まれているのに、これ以上悪い印象を彼に与えたくない……そう思っている。

けれど、裏の理由は、私が偽善者だからだろう。

私を傷つけた者であっても、自分のせいで死なせることが怖いのだ。

その結果、彼は両腕をなくし、ただ生きた屍となるという、一番過酷な罰を受けてしまった。

因果応報だと笑うこともできない。

私が呆然としていると、鈴を転がすような可愛い声が聞こえた。

――主（あるじ）さま！

アンバーだ。そのあとに続くように、ルビーくん、オニキス、フローが私のもとへ駆けてくる。

――ご主人様、間に合わなかった。

私の傷を見て、フローは悲しげに呟（つぶや）く。

「そんなことないよ。フローが皆を連れてきてくれる、そう思ったから耐（た）えられた」

――ご主人様……

「フロー……ありがとう」

――主（あるじ）さま。その傷……痛いですわよね。なんて粗暴（そぼう）なやつ!!　許せないですわ!!!

「アンバー、大丈夫だよ。それに、この傷を負わせた人はもう、罰（ばつ）を受けた」

――あめぇよ！　主（あるじ）さん!!

「ルビーくん、ごめんね。でも、来てくれて、皆、ありがとうね」

――乗って。乗って。

「うん、乗せてくれる？　オニキス……っ」

ダチョウくらい大きくなったオニキスに乗ろうとすると、身体中が痛む。

リクロスはそれに気づいて、そっと私を支えてくれた。

「こんな埃（ほこり）っぽいところ、さっさと出よう」

「うん……」

乾いた笑いを繰り返すジャマンを他所に、私はリクロスと皆とともに建物から脱出する。

深い緑と新鮮な空気にホッとする。

少し落ち着いた私はあることを思いついて、アンバーに声をかけた。

「そうだ、アンバー……あなたの力で土の壁を作って、この小屋の周りを囲える？　犯人を逃がさないように」

――もちろんですわ！　お任せくださいい!!

アンバーが小屋の周りをぐるぐる回ると、土が薄く盛り上がり、硬い壁に変わっていく。

ある程度壁が高くなったところでアンバーを止めてオニキスに乗せると、村へ戻る。

フードを被ったリクロスも一緒に。

ギルドの前に巨大なオニキスが着地すると、その姿を見た冒険者が慌てふためく。

なんの騒ぎかと、ギルド内にいた冒険者も、マルクさんとジャンさんも出てきた。

「何事だ!!」

「すみません、私が……悪いんです」

マルクさんは私に気づいて、ハッと目を見開く。

「!!!　メ、メリアくん!?　これは……どういうことだ？　それにその傷は……」

「オニキス、元の大きさに戻って」

──わかった。わかった。

オニキスが小さくなったのを確認して、私はマルクさんに向き直る。

「説明します……」

「ああ、だが、まずは傷の手当てを。ジャンくん、部屋を借りるぞ」

「わかりました、村長さん。ほら、メリアちゃんこっちに来て。他の皆にはあとで伝えるから」

ジャンさんの案内で部屋に誘導された。

私が痛みにフラつくと、リクロスが支えてくれる。

リクロスは、ふんわりとしたソファに優しく座らせてくれる。

お礼を言うと、リクロスは「構わない」と首を横に振り、隣に座る。

私を守ろうとしてくれているようで、少し嬉しかった。

それからすぐにカサリさんが来て、傷の手当てをしてくれる。

「ありがとう」

私はお礼を言ったあと、皆に今までのことを全て話した。

ブゥーヌがジャマンたちを使い、私を攫（さら）ったこと。

ジャマンが、牢（ろう）に入れられたのを恨（うら）んでいたこと。

ジャマンたちに暴行を受けていると、リクロスが助けてくれたこと。

今、ジャマンはその小屋にいること。

私が話し終えると、カサリさんはくしゃりと顔を歪めた。その目に涙が溜まっている。

「ごめん、ごめんねぇ……」

「どうしたの？」

「私、私が悪いのっ。ギルド長に、ジャマンのこと、魔族のこと、話しちゃったからぁー……そのせいでメリアちゃんがこんなことに……っ」

嘆くカサリさんを安心させるように、私は微笑んだ。

「お仕事だもん、仕方ないよ……。それに、私は大丈夫。大丈夫だから……」

それでも、ひっくひっくと泣き続けるカサリさん。マルクさんとジャンさんが彼女を宥め、部屋から出るよう促す。

最後まで謝りながら、カサリさんは部屋を出ていった。

その様子を見届けてから、マルクさんはソファの背にもたれて呟く。

「……信じられん話だ」

「そう……ですよね……」

ジャマンはともかく、ギルド長が私を襲うなんて、にわかには信じがたいだろう。

私が目を伏せると、マルクさんは慌てて否定する。

「ああ、ジャマンとブゥーヌのことではない。そこの……彼が君を助けたことだ。彼は、噂の魔族だろう……？」

マルクさんの言葉を聞き、ジャンさんが短刀を構える。マルクさんはそれを制し、リクロスに向き合った。

リクロスは、ぱさっとフードを外し、マルクさんを見つめる。

「僕には、僕の美学がある。無意味に他人を攻撃することはない」

「そうか。メリアくんから聞いていた通りの人なんだね」

深く、深くため息をついて、マルクさんは決心したように私に言う。

「……とりあえず、ジャマンがいる場所に案内してくれ。現場を押さえないことには、どうしようもない……」

「わかりました」

本音を言えば、怖い。行きたくない。

けれど、場所がわかるのは私とリクロスだけだ。

未だに警戒し続けているジャンさんを見ると、リクロスだけで案内してもらうことは難しいだろう。

そう判断して立ち上がろうとすると、リクロスは私をひょいっと持ち上げた。

俗にいう、お姫様抱っこだ。

「へ？」

驚いてリクロスの顔を見上げると、彼はにこっと笑った。

「身体、辛いだろう？」

ぱさりと再びフードを被り、そのままリクロスは部屋を出る。

部屋の前には、何事かと様子を窺う冒険者たちが群がっていた。

マルクさんとジャンさんは、その状態にため息をつく。

そして、ブゥーヌとジャマン一味が私を攫ったこと、リクロスが私を助けたことを伝え、現場に同行してくれるよう頼んだ。

冒険者たちはそれを了承し、私たちと一緒に現場に向かってくれることになった。

道中、私を抱いているリクロスに、冒険者たちの注目は集まっていた。

けれど、私の状態が痛々しすぎるのだろう……それに触れる者は誰もいなかった。

そして、現場に着いた。

皆が土の壁を見て驚く中、私はアンバーに土の壁を壊してほしいと頼む。

アンバーがちょこんと蹴ると、壁はガラガラと崩れ落ち、まるで最初から何もなかったかのように跡形もなく消えた。

すると、近くから「何事だ!!」と慌てる声が聞こえる。

そちらを見ると、ブゥーヌがいた。どうやら、気になって戻ってきていたらしい。

「本当だったようだな……」

マルクさんはそう呟き一歩前に出ると、ブゥーヌに告げる。

「ブゥーヌ。少女誘拐の罪で、お前を束縛させてもらう」

「な、何を言って……わしはギルドの……」

ブゥーヌは自らの権力を示し、罪から逃れようとした。けれど、マルクさんはきつい口調で答える。

「少女誘拐の罪は、国の法に則って裁かれる！　ギルド長であってもだ!!　捕まえろ」

「な、何をする。わしを誰だと心得ている!!　わしは……!!」

マルクさんの合図で、ブゥーヌは両脇を冒険者に掴まれ、連れていかれた。

それを見届けると、私たちは冒険者とともに小屋の中へ入る。状況確認のためだ。

私が攫われていた部屋に入ると、冒険者たちは眉を顰めた。

なぜなら、そこには充満した血のにおいと焼けた肉のにおい……そして男の死体と、ケタケタ笑い続けるジャマンの変わり果てた姿があったからだ。

「……これは」

マルクさんも青ざめ、「何があったのだ」と私に問う。

「リクロスが私を助けるために、彼らを……」

「手足を縛られ、動けない少女に乱暴を働いていたんだよ。死して当然じゃないか。メリアが止めたから、その男は腕だけで済んだけどね」

私の言葉を遮り、リクロスがそう言った。

腕だけで済んだ。でも、それが本当に必要なことだったのか、私にはわからない。

マルクさんはしばらく沈黙してから口を開いた。

「……そうか」

ひとまず、このままにしてはおけないと、マルクさんはジャマンを牢に入れるよう冒険者に伝える。冒険者たちは嫌がりながらも、どこか同情した表情で、ジャマンを連れていった。

私とリクロス、そしてマルクさんだけがその場に残った。

「君は、いったい何者なんだ。ドワーフすら驚愕する鍛冶技術を持ち、眷属様と絆を繋ぎ、魔族すら君を守ろうとするなんて……」

「わ、私は……」

「最初から、わけありなのだろうと思っていた。君のような少女が、こんな田舎の村に来たこと自体不思議だったから」

私が答える余地も与えず、さらにマルクさんは追及する。

「君は村人と仲良くしようとしていたから、悪い子ではないのだろうと思っていた。だから、ジャンくんに君が眷属様を連れていることを聞いても、追及しなかった。しかし、ここまで問題が発展してしまったからには、聞かなくてはならない」

私は、辛そうな顔をするマルクさんに、なんて答えればいいのだろうと悩んだ。

その時、脳内に声が響いた。

［……ア……メリア……］

眷属の皆の声ではない。神様の声だ。下を向いていた顔を、パッと上げる。

マルクさんも、リクロスも動いていない。まるでよくできた蝋人形のようだ。

［僕だよ。聞こえるかい？　君に伝えたいことがあって、時を止めた。彼には君のことを、ありのまま伝えていい］

本当にいいのだろうか？　と迷っていると、神様は続ける。

［本当は、彼は君に好意的なんだ。役割のために、こうして聞いているけれど……君の協力者になってくれる］

で、でも……。変な人だと、思われないだろうか？

［魔族の彼に伝えたように、彼にはありのまま話すんだよ。いいね］

わ、わかった。と私が頷くと、神様は安心したように言う。

［それじゃあ、またね。次は夢現で会おう］

また、会えるの？　と私が聞くと、神様は微笑んだ。

［ふふ、君は僕の加護を持っているからね］

その声が遠くなり、キーンと耳鳴りがする。

すると、時間が動き出したようだ。

「メリアくん、どうなんだ」

マルクさんの声が大きくなる。私はギュッと拳を握りしめ、決意を固めた。

「ありのままをお話しします。その代わり、もし他の人にこのことを話すなら、マルクさんが信用できる人だけにしてください」

「……わかった。なら、私の屋敷に行こう。ここは相応しくないだろう。そこの魔族と、ともに来るといい」

「心遣い感謝します」

私がマルクさんにお礼をする傍らで、リクロスは目を大きく見開いている。

「……いいの？　僕が村に行っても」

「メリアくんを守ってくれたのだろう？　それに、意味もなく君は暴れるのかね」

「いや、そんなことはしないけど」

「なら、君も来るといい」

私にちゃんと話す気があると知ったからか、マルクさんは冷静さを取り戻したようだ。

マルクさんが誘うと、リクロスは小さくコクリと頷いた。

私たちはしばらく歩き、マルクさんの屋敷に着く。

そこで、マルクさんは通りがかりの冒険者に、ジャンさんを屋敷に呼ぶよう頼んだ。

冒険者はすぐにジャンさんを連れてきてくれたので、私たちはそろってマルクさんの家に入った。

私とリクロスは応接間に通され、マルクさんの向かいの椅子に座るよう指示される。

ジャンさんはマルクさんのすぐ横に立つ。おそらく、護衛のためだろう。

魔族が襲ってきた時に、すぐに対応するために。

リクロスに彼らを害する気持ちがなくても、魔族は敵だというのがこの世界の常識なのだ。そう思うと、少し切なくなる。

「私は、この世界の人ではありませんでした」

ふぅと一つため息をつき、私は真実を伝えることにした。

「なに？」

最初の一言（ひとこと）に、マルクさんが動揺したのがわかった。けれど、私は話を続ける。

「私はここではない世界で死にました。けれど、元の世界で傷ついた私を見かねて、神様がここに連れてきてくれたんです。そして、生きていくために職を与えてくれました」

「それが、鍛冶（かじ）か。では、前に師匠と言っていたのは、神様のことなのか？」

マルクさんは戸惑（とまど）いながらも、私の言葉に耳を貸してくれる。

それに感謝しながら、私は頷いた。

「はい。そして眷属（けんぞく）と絆（きずな）を繋（つな）ぎ、心を通（かよ）わせることができるのは、弱い私を守るよう、彼らが神様に頼まれているからです」

「おぉ……」

「もちろん、彼らは役目を全（まっと）うしてくれています。けれどそれ以上に、今は大切な家族です」

「家族か……私たちには、理解できないが……」

マルクさんは少しだけ困ったような顔をした。マルクさんたちからすれば、眷属は尊むべきものだからだろう。

私はそんなマルクさんを見つめて、さらに言う。

「リクロス……彼については、私もよく知りません。ですが神様は、人や獣人と同じように、彼らも神様が生み出した種族であると言いました。魔族は決して、他の生き物より酷い存在ではありません。だから私は、彼を信頼しています」

「ふむ……」

マルクさんは天を仰いで、自身に言い聞かせるように、ゆっくりと言葉を重ねた。

「君は異世界人であり、歳の割に卓越した鍛冶の技術は、神からの授かりもの。さらに、神獣の眷属様は君を守る家族であると言うんだね。そして、何より信じがたいが……君の言うことが事実ならば、魔族は我々と同じく神様に生み出されたもので、信用に値すると？」

「はい」

マルクさんはリクロスを見て、尋ねる。

「君は、人を……いや、ここの村人を襲ったりはしないかな？」

「僕は魔物やそこらの愚かな生き物とは違う。自分に刃を向ける者以外には何もしないさ。ああ、僕の美学に反する場合は別だけどね」

それを聞いて、マルクさんは深い深いため息をついた。

そのあと、「考える時間をくれ」と困惑した様子で告げた。

そしてマルクさんは、リクロスに私を家まで送ってくれと頼む。

私は不安な気持ちを抱えながら、リクロスとともに帰路についたのだった。

第十四章　マルクの決断

メリアとリクロスが去ったあとの応接間で、マルクはぽつりと呟く。

「ジャンくん。わかってると思うが、これは他者に話してはならないぞ」

「誰も信じてくれないだろうけどね」

冷静に言うジャンを横目に見て、マルクは頭を抱えた。

それから数日が経ったが、彼はまだ悩んでいた。

メリアのことは、神様が絡んでいたという事情に納得がいく部分もある。

世間知らずなところも、お金に疎くお人好しなところもだ。

だが、それをこの国の王族に話せばどうなるか……マルクはわかっていた。

恐らく彼女は国を救う聖女だと讃えられ、国に尽くすことを要求される。

そうなれば、あの無垢な笑顔も、優しい心も壊れていくだろう。それだけは避けたかった。

そして、魔族の存在。

この世界に伝わる創世記は、人間が作ったものだ。

そのため、それには人間こそが神に選ばれた種族であり、それ以外は人間の模造だと記されている。

魔族以外の種族は人間に害をなさないため、共存することができる。けれど魔族はそうでない。

だから、魔族は魔物と同じように、神が生み出した存在ではないと信じられてきた。

しかし、メリアの言う通りなら、違うのだ。

エルフも獣人も、魔族も、神が同じように生み出したものなのだ。

マルクは悩んだ末に、古き友に手紙を出した。

返事が来るまでの間、マルクはメリアのことはひとまず置いておくことにする。

今、考えなければならないのは、メリアのことだけではなかったからだ。

しばらく、マルクは仕事に没頭した。

ギルド本部にブゥーヌが罪を犯したことを伝え、村のギルドに新たな長を据えるよう要請し、法に則りブゥーヌとジャマン、バンガーを過疎地の牢獄へ送った。

マルクがそうしている間に、村人たちがメリアの様子を聞きに来た。

彼女はもちろんあれから市場に出店していないし、どうやら店も閉めているようで、心配だとのこと。

なぜそこまで彼女を気にするのか。彼女とはそれほど交流があったわけではないのに。

マルクがそう聞くと、村人たちは答えた。

損得を勘定(かんじょう)に入れずに、懸命(けんめい)に自分たちの包丁を綺麗にしてくれた。

フライパンや鍋はどれもいい出来で焦(こ)げつかないから、料理をするのがとても楽しいと、妻も娘も機嫌がいい。

美味(おい)しいご飯と嬉しそうな嫁が家で待っていてくれるから、男たちも皆、安心して仕事ができる。

彼女から買ったのは、ものだけではない。そういった幸福も一緒に買ったのだ、と。

それを聞くと、事実を受け入れられず、ウジウジ悩む自分がバカバカしくなる。

それでも、自分は国から、この地を任された者だ。

そんな自分は、彼らと同じように、彼女の為人(ひととなり)だけで決断を下すことはできない。

そう悩み続けて、ついに二週間が経過した。

その日は、ギルド本部より任命された新しいギルド長が挨拶(あいさつ)に来る日。

そして、その人物はマルクがよく知る者だった。

「よう」

「……フェイ。お前がギルド長に？」

「ああ。テメェからの手紙、読んだぜ。そんで俺も確かめたくてなぁ。いろいろコネを使って、ここのギルド長になってみた」

そう言ったのは、マルクの古い友である、エルフのフェイだった。

エルフは、神獣と眷属を守護する種族であるといわれ、神獣と同じようにとても長寿だ。

そのため彼はマルクよりも年上なのに、青年のような姿をしている。

彼は朗らかに笑いながら、マルクに言った。

「神獣の眷属様がいるんだろう？　俺が最適じゃねぇか」

「だが、信じるのか？」

「ふん。お前が信じるのに、なんで俺が疑わないといけねぇんだよ。お前はその子を国から隠して、自分の意思で生活させたいんだろう？　協力するぜ」

そう言われて、気づく。

自分にはいろいろなしがらみがあるけれど、あの幼い少女を犠牲にしたくないと、ずっと思っていたのだと。それが、最も大きな願いだということを。

フェイの言葉は、マルクの苦悩をあっという間に和らげてくれた。

「んじゃ、俺はギルドに挨拶しに行ってくるわー」

「ああ。頼む」

マルクは笑って去っていくフェイを見送りながら、拳をきつく握りしめた。

自分の腹は決まった。

そして住人たちも、彼女を好いている。それなら、答えは一つだ。

マルクは、翌日メリアの家を訪ねようと決意を固めたのだった。

◆◇◆◇◆

マルクさんに考える時間がほしいと告げられたあと、私はリクロスとともに家へ帰った。

……また、お姫様抱っこの状態で。

ラリマーに乗って帰ると言っても、リクロスが離してくれなかったのだ。

出迎えてくれたセラフィは、私の顔を見ると怒りながら癒しの術をかけてくれた。

それはあたたかく心地がよくて、あっという間に傷を癒してくれた。

――女子の顔に傷をつけるとは、なんたる無礼！　天罰を下そうぞ!!

そうブルブルと震えながら怒る彼女を止めるが、これに関しては他の皆も同意見のようで、誰も私の味方をしてくれなかった……

皆を宥めながら、マルクさんが認めてくれなかったら、ここを出ることになるかもしれないと伝える。

すると、フローとセラフィ、アンバーが答えてくれる。

――ご主人様、フローは一緒。

——妾とてそうじゃ！

——ご安心ください。私がいい場所にこの家を移しますわ。

神様の命だからではなく、側にいたいのだと言ってくれる皆に、ありがとうとお礼を言う。

「どこかに行くなら僕のところにおいでよ。僕、君のことを本当に気に入ってしまったみたいだし」

リクロスまで誘ってくれるので、私はほんの少し安心した。


それからマルクさんの返事を待ち続けて、二週間が経った。

やっぱり、マルクさんは異世界人の私を受け入れてくれないかもしれない。

そう不安になって、店も開けられなくなってしまった。

そんな私を心配して、眷属の皆はもちろん、リクロスもずっと一緒にいてくれた。

皆とぼんやり過ごしていると、外から私を呼ぶ声がした。

マルクさんの声だ！　私は慌てて扉を開ける。

マルクさんは、穏やかに微笑んでそこに立っていた。そして、私を見つめて言う。

「二週間考えたが……君を信じ、ここで生活できるよう力になろう。村人たちも、君をとても好いている。君を心配して、たくさんの人がうちまで来たんだ。真実を知る日が来ても、彼らが君を嫌うことはないだろう」

「いいんですか？」

私が目を見開いて聞くと、マルクさんは大きく頷いた。

「もちろんだ。これからもたまに、武器や調理器具を持って市場に出店してやってくれ。ここまで来るのは、少しばかり主婦にはきつい」

「わかり、ました」

私は思わず泣いてしまった。

受け入れると言ってくれたことが、あまりに嬉しくて。

村人の皆も動いてくれたと聞いて、その優しさにポロポロと涙が溢れて止まらない。

——ご主人様……

——主さん……

フローとルビーくんが、声をかけてくれる。他の皆も側に来てくれて、オロオロしていた。

家族が心配してくれることが嬉しくて、大丈夫だと伝える。

私、思ってた以上に、ここが気に入っていたんだなぁ……

この村の人とともにここで生きられることが、認めてくれたことが、心から嬉しかった。

「マルクさん、ありがとう！　ありがとう!!」

思わずマルクさんに抱きつくと、彼は優しく抱きしめ返してくれた。

それからマルクさんは、真剣な面差しでリクロスを見る。

「メリアくんの言葉を信じないわけではないが、この村が魔族を受け入れることはまだ難しい。すまない。だが、メリアくんとは仲が良いみたいだから、村ではなくここにいることは、干渉しないと約束しよう」

謝るマルクさんに、リクロスは首を横に振った。

「大丈夫。むしろ、ここにいることを許すとは思わなかったよ。村の目と鼻の先に、忌み嫌う魔族がいるんだよ？　不安じゃないの？」

その問いに、マルクさんは言う。

「君は魔族だが、メリアくんを助けてくれた。ジャマンたちのことを思えば、恐ろしくないとは言えないが……それでも、私はメリアくんを信じると決めた。だから、メリアくんが信じる君も、信じるよ」

それを聞いて、リクロスは戸惑ったような表情で、そっぽを向いたまま黙ってしまった。

初めて見た彼の顔に、私はクスリと笑う。

こうして、私はこの村の一員になったのだった。

第十五章　贈り物と交流と

フォルジャモン村の正式な住人となって、数日後のこと。

オニキスがまた卵を産んだ。

さらに、それに合わせるようにフローも二度目の脱皮をした。

すると、他の眷属たちも「自分たちも贈り物をする！」とはりきり出した。

まず、一番手はセラフィ。

最近暑いから毛を刈ってほしいと言うので、私は了承した。

実は、セラフィの毛は刈らなくても大丈夫なのだが、刈っても困るものではない。

二ヶ月ほどすれば、またふわふわの毛が出てくるからだ。

——妾の毛を刈ったことを光栄に思うがよいぞ!!

「わかった。うわぁ、ふわふわ……」

毎日のように私がブラッシングしているだけあって、セラフィの毛は雲のようにさらさらでふわふわしている。

セラフィは褒められたことが嬉しかったのだろう、ふふんと自慢げだ。

——当然だのう！　この妾の毛なのだから。

「あー気持ちよかった。この毛はどうするの？」

——くれてやるわ。嬉しいだろう？

「う、うん、嬉しい……よ」

私は苦笑いしながら、脳内辞書の説明を読む。

《眷属の毛ー癒しの力を持つ眷属の毛。触れた者を癒し続ける》

うーん、これもまたチートなアイテム……使いづらいものが増えた。

毛を刈ってすっきりしたボディのセラフィを抱きしめながら、内心涙を流す。

これも、アイテムボックス行きだ、と。

……それを寂しげに見ていた子がいたことに、私は気がつかなかった。


翌日、アンバーとルビーくんに呼ばれて庭に出てみると、大量に積まれたきのこや果物、山菜があった。

「どうしたの、これ⁉」

私が驚きながら聞くと、二匹は胸を張った。

——どうですか！　美味しそうでしょう？

——美味しいもの、いっぱいだぜ！

どやぁと、褒めてほしそうな二匹は泥だらけ。

眷属の子たちの中でも、アンバーとルビーくんは特に小さい。

これだけの量を採るのに、どれほど頑張ったのか。そう思うと、嬉しくて声が震える。

「凄い……ありがとう……」

――気に入ってくれた？

ルビーくんが、そう聞いてくれる。アンバーも不安げだ。

多分、私は泣き出しそうな顔をしているのだろう。感動で目に溜まった涙を拭い、二匹を抱きしめた。

「もちろんだよ！　とっても嬉しい！　今日はこれを使って、美味しいものを作るね。……でも、その前に二匹はお風呂ね。泥だらけだよ！」

そう言うと二匹は「えー！」と抵抗する。

けれども、それは本気ではなく、じゃれあいたいだけなのがわかる。

二匹も私も、楽しいひと時を過ごした。

そんな様子を見ていたラリマーも、何か思うことがあったらしい。

次の日の朝。珍しくラリマーが私を呼んだ。

――マスタ～みてみて～。

窓を開けて、顔を出してみると……

「え、何……このたくさんのお野菜……」

――ぼくからの～贈り物～嬉しい～？

「う、うん、とっても嬉しいよ」

――それはよかった～。

そこに広がっていたのは、一面の野菜畑。

トマトに茄子、胡瓜が庭いっぱいに食べきれそうにないほど実っている。農家が見たら泣いて喜びそうな光景だ。

「でも、いったいどうしたの？」

そう聞くと、ラリマーはうふふと笑ってのんびり答えてくれた。

――ぼくはねぇ～お乳出ないし～、おっきいから森に入って山の幸を採ってくるのも難しいんだぁ～。でも、いつも美味し～ご飯をくれる、君の力になりたくて～。

そこで私は、ラリマーが寂しい思いをしていたことに、ようやく気がついた。

ラリマーはいつも家の中に入れられないし……他の子よりも構ってあげてなかった。

優しい目をしたラリマーの頭をそっと撫でて、私は何度もお礼を言う。

改めて畑を見て回ると、もうしっかり熟している野菜が多いみたいだ。

「うーん、この量を一人で収穫するのは難しそうだなぁ……」

――手伝うよぉ～？

「ありがとう。でもせっかくだから、村の人も呼んで皆で食べようか」

家の冷蔵庫に入れれば、腐ることはない。でも、入る量に限りはある。

というわけで、早速村にやってきました。

すると、いつも通り入り口にはジィーオさんの姿が。

「おや、メリアじゃねぇか。どうしたんだ。市場でもないのに、村に来るのは珍しいな」

確かに市場以外ではあんまり村に来ようとは思わない。だって遠いし。

「こんにちは、ジィーオさん。実は収穫のお誘いに来たんです」

「収穫？」

眷属のことは話さないようにしながら、大量の野菜が庭にできてしまったこと、一人では食べきれず腐らせてしまうかもしれないことを話す。

すると、「そりゃあ、ありがてぇわ」とジィーオさんは破顔した。

「んじゃあ、俺はギルドでジャンに声かけてやるよ。お前さんは村長に伝えてきな」

ジィーオさんは近くにいた冒険者に入り口の門番を頼むと、足早にギルドへ行ってしまった。

快く門番を引き受けてくれた冒険者にお礼を言い、私はマルクさんのもとへ。

「すみませーん」

屋敷のドアノッカーを鳴らして声をかけると、エレナさんが出てくる。

「はぁい。あら、メリアちゃん。いらっしゃい」

「こんにちは。エレナさん」

相変わらずエレナさんは美人さんだなぁと思って見ていると、マルクさんが姿を現した。

「やぁ、メリアくん。元気そうだね」

「はい」

「あがっていくといい」

突然来ても優しくしてくれる二人には悪いが、早々に本題に入ることにした。

マルクさんは私の事情もよく知っているし、そのまま伝えればいいだろう。

かくかくしかじかと事情を伝えると、マルクさんは興味深そうな顔をする。

「ほぅ。眷属様の力で作った野菜が……。それを村の皆で？」

「はい。本当にたくさんあるので、せっかくだからどうかなって」

「それは嬉しいわ！　うちでもお野菜は作ってるけど、そこまで量はないし、採れたてを皆で食べるなんて楽しそうね！」

「そういうことなら寄らせてもらおう」

手を合わせて嬉しそうに微笑むエレナさんに、うんうんと頷くマルクさん。

マルクさんの家から出ると、村の入り口には村人が数人が集まっていて、出発の準備を整えていた。

「やぁ、メリアちゃん。今日は美味しい野菜がもらえるんだって？」

「ジャンさん！　それにミィナちゃんも」

「こんにちは、お姉ちゃん。今日はミィナ、たーくさんお野菜採るからね！」

すでに顔見知りになった人が、挨拶を交わしてくれる。

「マルクさんの許可はもらったから、行こう」

「おー」

私がそう声をかけると、皆揃って返事をしてくれた。

皆で話しながら移動すれば、家まではあっという間だった。

家の庭を見た村人たちは、目を爛々と光らせる。

「よーし、いっぱい採るぞぉ!!」

「私だってー！」

一部の人は、まるでバーゲンセールに赴く戦士のように駆け出す。

私は冷や汗をかきながら、その様を見届ける。すると背後から肩を叩かれた。

「やぁ、メリア」

「リクロス！」

現れたリクロスに、正体を知っているジャンさんやマルクさんの顔が強張る。

「今日は随分人がいっぱいだね」

「ふふ、ラリマーがたくさんお野菜を作ってくれたから、皆で収穫して食べようと思って」

「へぇ、それは美味しそうだね」

「リクロスも一緒にする？」

リクロスは私と、側で成り行きを見ていたジャンさんとマルクさんを見て薄く微笑むと「いや、遠慮しておくよ」と言って姿を消した。

「メリアくんが普通に話しているのを見れば害はないとわかるのに、これまでの認識が邪魔をしてしまうな」

「我々も、少しずつ馴染んでいければいいんですが……」

マルクさんとジャンさんがコソコソとそう話しているのを聞いて、私は嬉しくなる。

さて、リクロスの姿が消えてしまって残念だけれど、今は美味しいお野菜が先だ。

今日は日差しが強いし、収穫が終わったあと、水分補給したほうがいいかもしれない。

「ミィナちゃん、ちょっと手伝ってもらっていいかな？」

「ん？　どうしたの？」

「収穫後に美味しいスープを皆にご馳走しようと思ってね」

トマトに胡瓜、パプリカ、玉ねぎ……これだけの材料があれば、ガスパチョができる。

飲むサラダとも言われるガスパチョは、労働後の身体によく沁みるだろう。

必要な分の野菜を収穫して、ミィナちゃんと一緒にダミー部屋のキッチンへ行く。

さっそく調理開始！

材料を細かく刻んだあと、ミキサーがないので麺棒でゴシゴシと押し潰す。

ミィナちゃんに鍋が動かないように押さえてもらって、しばらく潰し続けた。

ある程度材料が砕けたら、網目の細かい笊で濾して、オリーブを足して出来上がり。

「ミィナちゃん、一口味見どうぞ」

「冷たくて美味しい！」

お口に合ったようでよかったです。

私たちはお鍋とおたまを持って庭に戻った。

そしてラリマーに頼んで竹によく似た植物で簡易のコップを作り、収穫が終わった人にガスパチョを配る。

あれだけあった野菜が、あっという間に採り尽くされてしまった。

皆楽しそうに笑っていて、私も嬉しくなる。作ったガスパチョも好評だ。

見守ってくれていた眷属たちにもガスパチョを配る。

——美味しい！　美味しい！

——ん～お野菜の味～。

——美味。また作ってくれたもう。

オニキス、ラリマー、セラフィの順に感想を言ってくれた。

「ふふ、ラリマーのおかげだね。ありがとう」

――どういたしまして～。

こうして、美味しいお野菜の収穫祭は大盛況で終わったのだった。

楽しい時間はすぐに過ぎてしまうもの。

村の人々が帰ってしまい、つい先ほどまでの庭のざわめきが消えて、少し寂しく思う。

「村人は帰ったようだね」

シュタッと姿を現して、声をかけてきたのはリクロスだ。

どうやら、人がいなくなるのを待っていたらしい。

「気を遣ってくれたんだよね、ありがとう……」

私が言うと、リクロスはとぼけたように笑った。

「なんのことかな？　ところで、僕もそのスープ、飲んでみたいな」

リクロスが指さしたのは、村人に配ったガスパチョだ。

差し出すと「美味しい。優しい味だね」と微笑んでくれた。

リクロスは、マルクさんが私を受け入れてくれたあの日から、頻繁に我が家を訪ねるようになった。

そして、眷属たちも彼を受け入れている。

今も、リクロスはふわふわの毛がないセラフィを撫でている。

すっかり馴染んでいるリクロスの姿を見ていると、ふと気になっていたことを思い出した。

「ねぇ、リクロス」

「んー？　なあに？」

「あなた、ブゥーヌに私が攫われた時、どうして助けに来られたの？」

リクロスは「誰だっけ？」と首を傾げたけれど、思い出したようで答えてくれる。

「ああ、あれね、あれは僕の部下のおかげだよ」

「あなたの部下？」

「うん。リュミーっていうんだ。生真面目ないいやつさ」

笑いながらそう言うリクロス。

その目には親しみが込められていて、その人のことが本当に好きなんだなぁと感じる。

「そうなんだ。じゃあ、そのリュミーさんに会ったらお礼を言わないとね」

「そうだねぇ。僕も少しは感謝しておこうかな」

「感謝など……。戻って仕事をしてくだされば十分です。リクロス様」

噂をすれば影が差す。

リクロスが後ろを向くと、そこには額に青筋を立てた青年が立っていた。リクロスよりほんの少し背が高い。その鋭い瞳は、リクロスにだけ向けられていた。

けれど、リクロスは飄々としている。

「おや、リュミー。もうここがわかったの？　仕事なんてほっといても死にはしないよ」

「まったく、私が子どもの時も、同じことを言っておられましたよね？」

「そうだったっけ？」

リクロスはそう言ってとぼける。

……って、リュミーさんが子どもの頃の話？　ん？　リクロスとリュミーさんは、同い年くらいに見えるけど……

私が首を傾げると、それに気づいたリュミーさんが私を見た。

「こう見えてこの方は、私の倍は生きておられますよ。もの凄く若作りなのです」

そう言うリュミーさんに対して、「育ての親になんて言い草だー！」と笑いながら答えるリクロス。

え、え？　と混乱する私の頭を撫でて、リクロスは言う。

「魔族に限らないけど、この世界では魔力が強いものほど、育つのが遅いのさ」

「リクロス様は魔族の中でも上位なのでこんな感じですが、私は下の下のため成長が早いのです」

リュミーさんの言葉に頷きながら、リクロスは補足した。

「まあ、もっとも、それでも人の三倍は生きるんだけどね、魔族という種族は」

そう言われて、眷属たちを見る。

そうか。彼らより魔力のない私は、早く死ぬのか。

今は十三歳。私にとっては死ぬまでは長いが、彼らにとっては短い。

この間、オニキスに卵を食べるように勧められたのを思い出した。

ああ、あれは寿命を延ばそうとしていたのか。

それほど、魔族や眷属のような魔力を持つものから見たら、私は危ういのだ。

切ない気持ちが湧いてきたのを振り払い、私はリュミーさんに向き直る。

「……そうだ。リュミーさん、ブゥーヌに捕まった私のことを、リクロスに伝えてくれたんですよね。ありがとうございました」

「いえ、間に合ってよかったです。おかげでなんとか助かりました」

たのことを気にかけておられたから、ご報告しただけですので。あの男どもを見張っていたのも、リクロス様ご自身ですし」

私に対して全く興味がないといった様子のリュミーさんに、それ以上言葉が出てこない。

口をパクパクさせる私を見て、リクロスはクスリと笑う。

「ごめんね、メリア。この子は懐くまで時間がかかるからこんな態度で」

「い、いや、二人とも本当にありがとうね。お礼に何かできればいいんだけど……」

そう私が呟くと、リクロスはきらりと目を光らせた。

「なら、リュミーの剣を拵えてやってよ。この子、十年くらい前に渡した剣を未だに使っててね。さすがに刃こぼれしてるし」

「わぁ、それなら是非！　打たせてほしい！」

「いえ、そのようなことは……」

リュミーさんは断ろうとする。

けれど、リクロスは「いいじゃないか、作ってもらいなよ」と私の肩を持つ。

リュミーさんは自身の腰に下げた剣を、ギュッと握りしめた。

「——これは、リクロス様が私にくださった大切な剣です。見ず知らずの……それも敵である人間に、代わりの剣を打ってもらいたいとは思えません。失礼します」

「え、あ……ごめんなさい」

去っていくリュミーさんの背に、私はただ謝ることしかできない。

リュミーさんからすれば、私は敵対するものだと思われても仕方ない。

けれど、きっぱりと拒絶されて、私は戸惑いを隠せなかった。

「はぁ、ごめん。僕があんな提案したばかりに」

申し訳なさそうに、リクロスが声をかけてくれる。そのあと「でもさ」と、彼は続けて言った。

「リュミーはメリアの武器の美しさを知らないからさ。メリアさえよければ、なんか一本でいいから作ってやってよ。僕が代わりに渡しておくから」

「……うん、お願い。今から作るから！　待っててね！」

私はそう言って、鍛冶場に向かって駆け出した。

カンッ！　カンッ！

僕――リクロスが金属を打つ音に耳を澄ませていると、知っている気配がした。

ついさっき去ったばかりのリュミーが、様子を窺いにきたのだ。

「まさか、作っているのですか……？」

あんな断り方をしたのにと驚いて聞くリュミーに、僕は頷いた。

「そうだよ。彼女、入る時に真剣な表情をしてたから、半端な武器は作らないと思うよ」

どんなものができるか、楽しみだ。

金属を打つリズミカルな音から、彼女の意思を感じる。

彼女が、リュミーにふさわしい武器になるようにと、心を込めているのが伝わってくる。

「……私よりも、リクロス様が作っていただければよかったのでは？　彼女のこと、それほど気に入っておられるのでしょう？」

そうリュミーは言うけれど、僕は……僕の武器を作る時は……彼女が心から僕の武器を作りたいと望んだ時に頼みたいのだ。こんな些細な事件のお礼なんかじゃなくて。

その思いを呑み込んで、リュミーに静かに微笑む。

リュミーは無言の中に、僕の気持ちを察したのだろう。すぐに頭を下げる。

「失礼しました」

「いいよ。それより、直接受け取ってあげたらどうだい？　僕が助ける前、彼女は酷いけがをしていた。君が報告してくれなければ、確かにメリアは苦しむことになっただろう。お礼はしたいと思うよ」

とはいえ、のちに眷属たちが来て、男たちは僕がしたことよりも苦しむ羽目になっただろうけどね。

あのあと、彼女について離れなかった眷属様たちの様子を思い出してくすりと笑う。

……それから、どれくらい時間が経っただろうか？

音がやみ、彼女が短剣を大切そうに両手で支えて持ってきた。

いい出来だったのだろう、彼女は満足げにそれを見つめている。

ふっとメリアがこちらを見た。

リュミーが戻ってきているのに気づき、目を丸くしているのが面白い。

「ふふ。ちゃんと受け取るよう言っておいたから」

僕が言うと、先ほどより緊張した様子で、メリアは鞘に入った短剣をリュミーに差し出す。

「何かあった時のための護り刀として拵えました。刃は金剛石とミスリルで硬くしなやかに。リュミーさんだけのための、あなたにしか使えない武器です」

ユニークな武器を作ったと、少女は笑って言う。

それがどれほど特殊なことなのか、わかっていないのだろう。

リュミーはその短剣を受け取り、鞘を外す。

すらりとした片刃は鋭く、けれどしなやかだ。

幾つかの金属が木目のような美しい模様を描き、それが名品であることが一目でわかる。

その短剣をリュミーは食い入るように見つめ、そっと頭を下げた。

「感謝……します」

リュミーが、メリアに対して興味を持った瞬間だった。

僕はそれを見て、ひっそりと微笑むのだった。

第十六章　ネビルとキリス

リュミーさんに剣を作ってから、何日か経ったある日。

いつものように店を開くと、一人の冒険者がやってきた。

その人は買い物があったわけではないようで、私に一通の手紙を渡して帰った。

ふと送り主を見ると、そこに書かれていたのは、ネビルさんとキリスさん、二人の名前だった。

なんだか久しぶりだなあと、私はその手紙を開く。

『メリアへ
元気か？　私は今、君のおかげで本当に幸せだ』
そう始まった手紙に書かれていたのは、二人の出会いとこれまで、そしてこれからの話。
何枚もの紙に綴られた二人の話を読むために、私はそっと店の看板を【ＣＬＯＳＥ】にすると、椅子に腰かけた。

『メリア、君には言っていなかったが、私は本当は魔法がろくに使えないんだ。戦闘に困らない程度には使えるけどね。

そして、ネビルは生粋のドジで、役立たずだと言われていた。

私たちは、元々里のつまはじき者同士だったんだ。

似たもの同士で仲良くなって、どこに行くのも、何をするのも一緒。

それが当たり前。

そんな関係に終止符が打たれたのは、私が剣を習い始めた時だった。

私が剣を初めて見たのは、たまたま冒険者に命を助けられた時。

私にはその冒険者がキラキラして見えたんだ。

だからすぐに里の近くの村の、剣術の使い手に弟子入りしたよ。

そこは、里とは違う世界だった。

村には人が多くて、エルフはほとんどいない。

私は、里では半端者扱いだったけれど、剣を教わるうちに、里の中だけのことだと知った。

世界が広がったのを感じたよ。

そうしているうちに親しい兄弟子もできた。

彼から聞く冒険の話や思い出話は楽しくて、私もいつか旅に出たいと思うようになったんだ。

——だから気づかなかった。ずっと里にいるネビルの様子に。

剣術に勤しみすぎて、ネビルとの交流が疎かになったことも、すっかり忘れていた。

里でネビルに会っても、挨拶だけで別れることも少なくなかった。

そんな日々を過ごして、何年目だったか。

兄弟子が師のもとを離れ、私も許可をもらい世界を旅しようとした時だった。

ネビルに別れの挨拶をしようと訪ねたんだ。

「やぁ、ネビル」

「キリス……なんの用？」

「実はね、里を出ようと思っているんだ」

「……なんで、なんで、なんで、なんで、なんで、なんで、なんで」

なんでと繰り返し、目の焦点が合わないのに私を見つめるネビルに、戸惑ったよ。

私を見ていた優しい瞳は、濁りきっていた。

「嫌だ、嫌だ、嫌だ。キリスまで、僕を捨てるの？」

「ネビル？」

「なんで、今までずっと僕たち一緒だったじゃないか！　なんで、突然剣術を習い始めたの？　なんで、僕と遊んでくれなくなったの？　なんで、僕以外の人と楽しそうにするの？　なんで、どうして……」

涙を流しながら、悲痛に叫ぶネビルの姿を見て、彼のもとに来たのが数年ぶりだと気づいた。

そして、ネビルの私に対する依存心を知った。

その時、私はね、内心嬉しかったんだよ。

剣の修業をしている時は、気づかなかったけどね。

その後、私はネビルを里から離すことにしたんだ。

なぜって？　彼が病み始めたのを見た彼の両親が、ネビルを閉じ込めようとしていたからさ。

私がそうであったように、ネビルも外の広さを知れば、人との関わりが増えれば、きっといいことがあると思ったんだ。

二人で里を出て、冒険者になって数年。

ネビルは幼い頃の明るさを取り戻した。

けれど、私に対する依存心、執着心はそのままだった。

……けれど歪んでいたのは、ネビルだけではない。

私自身もだと気づいたのは、いつだっただろう。

ネビルを見た少女が顔を赤らめた時は嫉妬したし、ネビルが私以外を見つめるのは本当に嫌だった。

ネビルは純エルフだ。純エルフは強い魔力を持っていて、人から尊敬される。

里ではつまはじきにされていようと、外に出てしまえば、高い評価を得た。

そうなると、他の子にとられてしまう。そう思っていた。

だから、里を出たあともネビルが依存してくれたのが嬉しかった。

これは、恋とは呼ばないのかもしれない。愛と言えないのかもしれない。

それでも、私はネビルが好きだった。

でも、メリアの家を出てから、ネビルは私の先を歩き、ずっと下を向いていた。

私は、耐えられなかった。私を見てくれないネビルに、声をかけた。

「ネビル、どうしたんだ？　なんかあったのか？」

メリアが、ネビルに何かしたのかと、本気で恨んだよ。

ネビルを私のもとからいなくならせようとしたのなら、君を殺したいと剣の柄に手を置いたくらいだ。

けれど私が声をかけると、ネビルはピタリと足を止めた。

顔は俯けたままだったが、手をポケットの中に入れたり出したりを繰り返した。

そして私に向き合って、あるものを差し出したんだ。

そう、君が作った、綺麗な淡い色の宝石がはまった銀の腕輪だ。

それから、ネビルは私に告白してくれた。

「ぼ、僕は、キリスが好きだ」

「ネビル……」

「僕と、恋人になってほしい」

声は震えていたし、顔は真っ赤に染まっていたけれど……私は嬉しかった。

ずっとずっと、その言葉を待っていたから。

胸が、鼓動が速まり、顔が熱くなるのを感じた。嬉しいと涙が出ることを初めて知ったよ。

腕輪を受け取り腕にはめて、私も答えた。

「私もだ。ずっと、お前を見ていたい」

それは、新たな関係の始まりだった。

その日の晩、ネビルからメリアに背中を押されたと聞いた。君に二人で感謝したよ。

しかし、不思議だ。

なぜ、メリアはエルフの恋人同士の儀式を知っていたんだい？

君はエルフと親交があるなんて言っていなかったよね？

男性が女性に揃（そろ）いのアクセサリーを渡し、女性が受け取る。

そして男性もその後、同じものをつける。

そうすることで恋愛が長続きするという、昔からエルフに伝わる儀式があるんだ。

ハーフエルフである私も憧（あこが）れていた。

それを叶えてくれたメリアには、助けた恩以上のことをしてもらったね。

そして、君がこの手紙を読んでいる頃には、私は新しい命を宿していると思う。

だから、君に会いには行けないけれど、本当に感謝を君に伝えたい。

心から、ありがとう。

キリス』

私はそう締めくくられた手紙を読み終えると、頬が熱くなるのを感じた。

新しい命って、そういうことだよね!?

うわぁ、ネビルさん、キリスさん、うまくいってよかったね！

手紙を大事にしまい込むと、私はこの喜びを共有すべく、家族たちに語りかけるのだった。

エピローグ

私がこの世界で暮らし始めて、もうすぐ一年が過ぎようとしている。

リクロスは私のもとに来てはこの世界のことを教えてくれたり、鹿を狩っては調理を頼んできたりする。私たちはご飯を一緒に食べて、お喋りしてと、友人のような関係を築いている。

市場には、定期的に顔を出すようになった。

私が出店すると、毎回大繁盛して、昼の鐘が鳴る前に売り切れてしまう。

値段は以前よりも高めにした。でも、この世界では適正な値段なのだと思う。誰も文句一つ言わずに買っていってくれるから。

一応、お店をやっていることを伝え、場所も教えているのだけど……遠いからか、ほとんど閑古鳥が鳴いている。

最初は切なかったけど、まあ、それはそれでいいと思えるようになった。

せかせかと生きるのは、前の世界で懲り懲りだもの。

野菜畑はラリマーのおかげで種類が増えて、食生活が豊かになった。

とっても充実している毎日だ。

ねぇ、神様。

私は今、この世界の小さな村で、鍛冶屋をして楽しく住んでいます。

秘密を知っているのは、神獣の眷属である皆と、村長のマルクさんとギルドの受付のジャンさん。

そして、魔族のリクロス。皆優しくしてくれます。

あとね、マルクさんの知り合いで、新しく来たギルド長であるフェイさん。

彼は神獣や眷属に強い信仰を持つエルフらしく、眷属のことに詳しいみたい。だから私の味方になってくれるだろうと、マルクさんが紹介してくれたの。

神獣の眷属への信仰が強いから、彼らに自然の力を借りることができて、強い魔法を使えるんだって。

でも、ネビルさんとキリスさんは、フローやオニキスが眷属だと気づいてなかったし、そんな信仰をしてる素振りもなかった。

そう思ってフェイさんに聞いてみたら、エルフの中にも信仰の強いものと弱いものがいるのだと教えてくれた。……あっ、神様なら、もちろん知っていますよね。

そんなフェイさんはたまにうちに来て、眷属の皆に近づいては煙たがられています。

「草の眷属様、どうかそのお身体に触れさせてくださーい」

――や～だ～。

なんて言いながら、ラリマーはフェイさんが動けないように草で足止めをするの。

それにもめげずに、フェイさんは近づこうとするんです。

そう、信仰もあるけれど、彼は純粋に眷属好きだったみたい。
こんな光景が、ごくごく当たり前になってきています。
神様、こんなに楽しい日々を私にプレゼントしてくれて、本当にありがとう。
これからも、よろしくお願いします。

カンカンカン！
熱がこもった朱色の金属を打ち続ける。
カンカンカン！
想いを込めて、懸命に。
今日も私は、楽しみながら鍛冶をする。

新＊感＊覚ファンタジー！

レジーナブックス Regina

前世の知識で
プチ内政チート!

私の平穏な日々

あきづきみなと
イラスト：nyanya

前世で過労死した後、ファンタジーな世界に公爵令嬢として転生したミカエラ。けれど貴族として窮屈な人生を送るのは嫌だし、いつか公爵家を出て自立したい！　そこで自分がいなくなってもいいように、前世の知識や魔法を駆使して領地を改革しつつ、王立学院に入学。のんびり気ままな学院生活を送るつもりが、とある少女の編入で、トラブルが舞い込むようになって――!?

詳しくは公式サイトにてご確認ください。

https://www.regina-books.com/

携帯サイトはこちらから！ 

この作品に対する皆様のご意見・ご感想をお待ちしております。
おハガキ・お手紙は以下の宛先にお送りください。

【宛先】
〒150-6008 東京都渋谷区恵比寿4-20-3 恵比寿ｶﾞｰﾃﾞﾝﾌﾟﾚｲｽﾀﾜｰ 8F
（株）アルファポリス　書籍感想係

ご感想はこちらから

メールフォームでのご意見・ご感想は右のＱＲコードから、
あるいは以下のワードで検索をかけてください。

アルファポリス　書籍の感想

本書は、「アルファポリス」（https://www.alphapolis.co.jp/）に掲載されていたものを、改稿、加筆のうえ、書籍化したものです。

とある小さな村のチートな鍛冶屋さん

夜船 紡（よふね つむぐ）

2020年 7月 30日初版発行

編集ー中山楓子・宮田可南子
編集長ー太田鉄平
発行者ー梶本雄介
発行所ー株式会社アルファポリス
〒150-6008 東京都渋谷区恵比寿4-20-3 恵比寿ｶﾞｰﾃﾞﾝﾌﾟﾚｲｽﾀﾜｰ8F
TEL 03-6277-1601（営業） 03-6277-1602（編集）
URL https://www.alphapolis.co.jp/
発売元ー株式会社星雲社（共同出版社・流通責任出版社）
〒112-0005 東京都文京区水道1-3-30
TEL 03-3868-3275
装丁・本文イラストーみつなり都
装丁デザインーAFTERGLOW
（レーベルフォーマットデザイン—ansyyqdesign）
印刷ー図書印刷株式会社

価格はカバーに表示されてあります。
落丁乱丁の場合はアルファポリスまでご連絡ください。
送料は小社負担でお取り替えします。

ISBN978-4-434-27458-9 C0093